Adelheid von Auer

# Jedem das Seine

Eine Erzählung aus der Gartenlaube

Adelheid von Auer: Jedem das Seine. Eine Erzählung aus der Gartenlaube

Erstdruck in: »Die Gartenlaube«, Leipzig, Verlag von Ernst Keil, 1869, Heft 40-46.

Neuausgabe
Herausgegeben von Karl-Maria Guth
Berlin 2020

Der Text dieser Ausgabe wurde behutsam an die neue deutsche Rechtschreibung angepasst.

Umschlaggestaltung von Thomas Schultz-Overhage unter Verwendung des Bildes: Joseph Karl Stieler, Elisabeth und Amalie von Bayern, 1814

Gesetzt aus der Minion Pro, 11 pt

Die Sammlung Hofenberg erscheint im
Verlag der Contumax GmbH & Co. KG, Berlin
Herstellung: BoD – Books on Demand, Norderstedt

ISBN 978-3-7437-3818-8

Bibliografische Information der Deutschen Nationalbibliothek

Die Deutsche Nationalbibliothek verzeichnet diese Publikation in der Deutschen Nationalbibliografie; detaillierte bibliografische Daten sind im Internet über www.dnb.de abrufbar.

Die Table d'hôte war aufgehoben. Die Vertreter des bemittelten Jung-gesellenstandes, die sich den Luxus erlauben konnten, bei dem besten Restaurant täglich zu speisen, waren in der mittelgroßen Stadt L. nicht gerade sehr zahlreich, der Stammgäste also nur eine geringe Anzahl; die Haupteinnahme brachten die Gäste, die alljährlich zu verschiedenen Zeiten des Sommers, L. passierend, in die S.'schen Bäder gingen oder von daher zurückkamen.

Diesmal waren es einige beim dortigen Kreisgericht angestellte junge Beamte, unter ihnen ein eben dorthin versetzter Referendarius, Herr Clemens von Brücken, die in einem an den Speisesaal stoßenden, komfortabel eingerichteten Kabinett behaglich auf den Lehnstühlen umherlagen und, den Dampf aus der Zigarre in leichten Ringeln oder dichten Wolken in die Luft blasend, die Chronik des Städtchens, mit-unter auch die »Chronique scandaleuse« zu gegenseitiger Erbauung durchblätterten.

Brücken kam aus der Residenz. Wäre er Militär gewesen, so hätte er wie ein bekannter humoristischer Dichter singen können:

»Von der Garde zur Linie vertrieben
Und der goldenen Litzen beraubt,
Ist mir nichts, ist mir gar nichts geblieben,
Als mehr Schulden wie Haar' auf dem Haupt.«

Nun, mochte er auch den Text in Rücksicht auf seine Zivilkarriere ändern, der Sinn blieb ungefähr derselbe.

Er hatte den vielfachen Verlockungen der Residenz nicht zu wider-stehen vermocht, und als nun gar die Rede ging, er stehe im Begriff sich mit einem jungen Mädchen zu verloben, das zur Sängerin ausge-bildet werde, konspirierte der Vater, ein von seiner Pension lebender verabschiedeter Artilleriemajor, gegen den Sohn und bewog den Chef desselben, den lebenslustigen jungen Mann, der im Geräusche der Welt des Vaters Lehren überhörte und dessen Beispiel zu altväterisch fand, um es nachzuahmen, an einen kleineren Ort zu versetzen.

Wenigstens vermutete Clemens einen derartigen Fallstrick, als er, mit der Nachricht nach Hause stürmend, einen gewissen verräterischen Zug um den Mund des alten Herrn gewahrte, der den inneren Kampf zwischen der Ehrlichkeit des ehemaligen Soldaten und ungewohnter diplomatischer Schlauheit anzudeuten schien.

»Hm, nach L., nach L. wirst du geschickt, das ist gut!«, sagte der Major. »Ich kenne den Ort. Ich stand in meiner Jugend dort in Garnison und es war damals ein einfaches, solides Leben an der Tagesordnung. Auch lebte die alte Fuchsin, die aus Gülzenow dort, deine Tante, wie du weißt, ein kurioses Frauenzimmer, mit der ich mich in meinem Leben was Ehrliches herumgebissen habe, ihr aber doch gut bin wie sie mir.«

»Bah, was hilft mir die alte Dame!«, meinte Clemens mit verächtlichem Nasenrümpfen.

»Die alte Dame hat ein respektables angesehenes Hauswesen. Seit die Mädchen – ihres Bruders Kinder, meine Mündel, weißt du – herangewachsen, macht sie ein großes Haus. Es ist immer angenehm solchen Anhalt zu haben. Auch ist Hasse alle Sonntage in der Stadt und Hasse ist ein Prachtjunge.«

Dem alten Herrn zuckte es wehmütig um den Mund, ein Seitenblick traf den Sohn, und das bestochene Vaterherz blickte wieder freundlicher aus den Augen. Clemens war ein hübscher Mensch, auffallend hübsch sogar und einige affektierte Unverschämtheit abgerechnet, die Gewandtheit und Weltton bedeuten sollte und die ja auch ihre Bewunderer in der Welt findet, im Ganzen, wenn er sich natürlich gab, ein frischer liebenswürdiger Junge, mit einer gehörigen Portion Mutterwitz und einem hervorragenden musikalischen Talent, das vielleicht zur Künstlerschaft hätte ausgebildet werden können, wenn der Eifer, die Gottesgabe zu etwas Ernstem zu benutzen, dem damit Begnadigten nicht ganz und gar gefehlt hätte.

Das waren nun natürliche Vorzüge genug, und der Vater erwog sie in Gedanken, als er das künftige Schicksal seines Sohnes im Geiste überdachte, aber eines erwog er nicht, vielleicht weil es ihm selber zu fern war: den kalten Egoismus der aus allem ein Rechenexempel macht und der selbst angeborener Liebenswürdigkeit durch die bewusste überlegte Anwendung desselben Hohn spricht.

Dem alten Herrn war es nun hauptsächlich darum zu tun, den Sohn von allen pekuniären Verbindlichkeiten zu befreien. Er raffte zusammen, was er hatte, selbst das für die Tochter zur Ausstattung bestimmte Geld wurde geopfert. Clemens biss sich auf die Lippen als er dies hörte und als der Vater noch hinzusetzte: »Du beraubst sie einer großen Freude, der, sich nach und nach alles, was zum eignen Herd gehört, in ihr Nestchen zusammenzutragen und es fertig zu haben, wenn Schönfeld zum Rittmeister avanciert.«

»Ach was!«, entgegnete er, mit einem warmen Blick der ihm freundlich zunickenden Schwester die Hand drückend und mit einem Ton, der mit absichtlichem Trotz die Bewegung niederzuhalten schien. »Schwestern sind meist opferwillige Geschöpfe. Sie hilft mir gern, ich weiß es, und bis Schönfeld Rittmeister ist, hat sie es zehnmal mit Zinsen wieder.«

So wurde das Opfer gebracht und angenommen, ja es wurden viele kleine tägliche Entbehrungen hinzugefügt, die doch alle nicht verhinderten, dass Clemens nach L. mit einem Schuldenrest abging, von dem keiner etwas ahnte und der groß genug war, die Hilfe des Vaters zu einem bloßen Palliativmittel zu machen. Im Augenblicke allerdings war die Kette loser und drückte ebenso wenig als des Vaters ihm mit auf den Weg gegebene Lebensregeln auf sehr williges Gehör trafen, obgleich sie kurz in zwei Worte zusammengefasst wurden. »Halte Haus in moralischer wie physischer Beziehung!« Und doch musste er in der schönen kraftvollen Greisengestalt des Vaters, seinem freien offnen Gesicht den besten Beleg für die Trefflichkeit der Lehre vor sich sehen.

Dem Vater war das Haushalten sichtlich gut bekommen. Über dem frischen gebräunten Gesicht des Sechzigers schmiegte sich der volle Haarwuchs noch in dienstmäßigem Scheitel an die breite Stirn, seine Haltung war gerade, sein Schritt elastisch und die dunklen Falten, die sich über die Stirn zur Nasenwurzel hinabzogen, hatten viel weniger seine verflossenen Lebensjahre als sorgenvolle Gedanken um die kommenden seines Sohnes so vertieft.

Vielleicht dachte Clemens an diese Falten, als er in dem eben erwähnten Kabinett am Fenster saß, tief hintenüber gelehnt, den unentbehrlichen Antimakassar als Unterlage des glänzend geölten Haupthaars, das eine Bein auf den gegenüberstehenden Stuhl, das andere auf das

Fensterbrett gelegt, um den Kleinstädtern mit diesem Beispiel halsbrechenden Komforts zu imponieren.

Sein feines regelmäßiges Gesicht hatte er dem Fenster zugekehrt und seine Augen, hübsch von Farbe und Schnitt und in natürlichem Zustande sprühend von Lebenslust, blickten etwas unlustig über den Marktplatz, während die Unterhaltung der andern an seinem Ohr vorüberbrauste.

Es war von einem Subskriptionsball die Rede, der an dem nächsten Abend in dem in demselben Hotel befindlichen Ressourcelokal stattfinden sollte und zu dem Brücken von einem seiner jungen Kollegen eingeladen war, um so auf die bequemste Weise in die Gesellschaft eingeführt zu werden.

Sämtliche Honoratioren der Stadt und Umgegend wurden dazu erwartet und man ließ sie schon vorher Revue passieren.

»Verdammt viel hübsche junge Damen haben wir hier, Schönheiten ersten Ranges. Sie werden staunen, Brücken«, sagte einer der Herren.

Der Angeredete wandte langsam den Kopf nach ihm um.

»In der Hauptstadt gibt es keine hübschen jungen Mädchen, alle vertanzt, sagt man.«

»Alle?«, fragte Brücken mit leichtem Spott.

»Alle. Eine Masse Bälle dort, aber hier nicht weniger, müssen Sie wissen.«

»Aber hier bekommt den Damen das Tanzen besser?«, fragte Brücken in derselben Weise.

»Bessere Luft, nicht die eingeengte der Hauptstadt, müssen Sie wissen. Freilich wenn's mit dem Anbauen so fortgeht, werden wir sie auch bald haben. Haben sonst alles schon. Intelligenz, Eleganz, großstädtische Allüren, feinen Ton. Sie werden ja sehen, werden ja vergleichen.«

»Ich bin schon seit Jahren auf keinem Ball mehr gewesen, es gibt bessere Vergnügungen«, sagte Clemens gelangweilt.

»Gewiss, für Junggesellen Wirtshausleben, Billard, Kegel, Diners, höchst fein und üppig, in Hamburg nicht besser«, fuhr der enthusiastische Lobredner seines kleinen Heimatstädtchens fort.

Brücken wandte den Kopf wieder dem Fenster zu. Die andern lachten laut auf.

»Wahrhaftig, Lindemann«, sagte einer der andern, »Sie sind doch der eingefleischteste Kleinstädter, den ich kenne. Ich glaube, wenn einer die übel riechenden Gossen der Hauptstadt rühmte, Sie finden sie durch die hiesigen übertroffen oder sprechen wenigstens die Hoffnung aus, dass sie es bald sein werden.«

Lindemann verteidigte sich. Der Strom der Unterhaltung brauste weiter, vielleicht war's auch nur ein plätschernder Bach, ein seichtes Wasser, das hin und her durch einen hineingeworfenen Stein ein wenig höhere Bewegungen zu machen schien. Brücken war schon wieder in Gedanken versunken.

Noch einmal, dachte er an die tiefen Stirnfalten des Vaters, die doch noch viel tiefer würden, gelänge es ihm, dem Sohn, nicht, sich durch einen glücklichen Coup gründlich aus den drückenden Verhältnissen zu reißen. Oder dachte er an den Brautschatz der Schwester, der sich in so und so viel perlende Champagnertropfen aufgelöst hatte, die des Lächelns wahrlich nicht wert waren, das in dem freundlichen Gesicht Berthas einige aufquellende Tränen glücklich verschleiert? – Auch egoistische Menschen haben Regungen warmen, selbst enthusiastischen Gefühls, es ist nur nicht nachhaltig genug, zu einer Kraft der Seele zu werden, die ruhig über das eigene Ich hinwegschreitet, die Empfindung zur Tat zu machen.

Solche Regungen und Wallungen können recht unbequem werden, man muss sich von ihnen loszumachen suchen.

Brücken klopfte die Asche von der Zigarre. Bah, fast so leicht lassen sich die Sorgen abschütteln, wenn man genial genug ist, nicht über den nächsten Augenblick hinauszudenken. Eine frische Zigarre wurde angezündet, hellere Bilder stiegen hinter dem sich kräuselnden Rauch empor: ein Mädchenkopf von dunkelbraunen Locken umwallt, zum Küssen, zum Aufjauchzen lieblich in seiner anmutigen Frische und seinem natürlichen Ausdruck unschuldiger Heiterkeit und reicher Seelengüte.

Er liebte das Mädchen. Er hatte Zugang überall, wo er ihn haben wollte, auch bei der ehemals berühmten Schauspielerin, deren Nichte sie war und die einer Bildungsschule für angehende dramatische Künstlerinnen vorstand. Es war nicht schwer, sich ihr zu nähern, aber unmöglich, sie mit der Freiheit des Tons zu behandeln, der dort heimisch war. Sie war so sittsam in der Form wie im Wesen, ihre kindliche Natürlichkeit nahm nie auch nur den Schein herausfordernder Koketterie an und der Keckste wurde ihr gegenüber bescheiden.

Clemens liebte sie, und so wenig er sich sonst in ähnlichen Fällen besonnen hatte, sich seinem Gefühl rücksichtslos hinzugeben, so wenig genau er es damit nahm, sogenannte Liaisons anzuknüpfen und abzubrechen, so wenig er sich auch hier sagte: Dies Mädchen ist eines besseren Schicksals wert, hier handelt es sich um Glück und Verderben eines unschuldigen Herzens, so hatte er doch einen instinktmäßigen Respekt vor der weltklugen und welterfahrenen Beschützerin des jungen Mädchens, hatte vor nichts mehr Angst, als einmal fest in der Schlinge zu sitzen, an der die rote Beere verlockend winkte.

Er hatte sich also dem Mädchen gegenüber in Schranken gehalten, nicht ihret-, *seinet*wegen hatte er ihr nie gesagt, dass er sie liebe, aber es gibt eine Sprache ohne Worte, hatte er die auch nicht gesprochen?

Als er dorthin zum Abschiednehmen ging, wählte er absichtlich eine Unterrichtsstunde. Ihm, dem Liebling der alten Dame, war die Freiheit gestattet. Er fand sämtliche Elevinnen beisammen. Ein lauter Ausruf des Bedauerns beantwortete die Nachricht von seiner Versetzung. Der alte Vater wurde ob der gesponnenen Intrige in leichtsinnigen Witzworten verhöhnt, er selbst stimmte ein. Sie stand von fern und sagte kein Wort.

»Mir bleibt nichts übrig als eine Kugel, Amerika oder eine reiche Heirat!«, sagte er absichtlich.

Sein Blick flog zu ihr hinüber, ihr Auge blieb stumm. Das pikierte ihn. Er nahm nun Abschied. Das war eine seltsame, wilde Szene. Lachen und Tränen, Schelt- und Liebesworte bunt durcheinander. Er schüttelte allen die Hände, die alte Dame küsste ihn. Ihr machte er eine tiefe Verbeugung. Die Komödie war aus. Nach keiner der andern sich umsehend, ging er eilig fort. Eine unruhige Bewegung, als er die Tür hinter sich schloss, sie wurde unmittelbar hinter ihm wieder aufgerissen, wie der Wirbelwind stürmten einige der jungen Damen an ihm vorbei.

»Wasser, Wasser! Die Kleine ist ohnmächtig, das ist Ihre Schuld, Barbar, Ungeheuer!«, und Cécile Durando, das zehnjährige Töchterchen der Dame, ein schwarzäugiger Wildfang, drohte ihm mit der kleinen Faust.

»Du machst mir schöne Dinge, du!«, sagte sie. »Du bist mein Bräutigam, weißt du. Wenn ich groß bin, heirate ich dich, ich habe dich am liebsten«, und sie griff nach seiner Hand und küsste sie mit wildem kindischem Ungestüm und etwas von der neidischen Eifersucht des

Hundes in ihren Gefühlen, die nicht leiden mag, dass ein anderer von ihr gestreichelt werde. Es war doch Temperament in dem Kinde.

Schade, auch die kleine Cécile sollte er fürs Erste nicht wiedersehen. Ein Akt aus der Komödie des Lebens war ausgespielt, Clemens bildete sich ein, nun den Vorhang fallen zu sehen aber es war der Rauch, den er in dichten Wolken aus seiner Zigarre blies. Er warf sie fort, und sein Gesicht langsam den Genossen zuwendend, schien er wenigstens passiven Anteil an dem Gespräch nehmen zu wollen.

»Die Gülzenower Dame«, entgegnete Lindemann auf die Frage eines der Herren, der auch erst seit Kurzem im Ort anwesend war, »die Gülzenower Dame ist eine alte Frau von Fuchs, Tochter des verstorbenen Rittergutsbesitzers von Fuchs auf Gülzenow und glückliche Witwe eines weitläufigen Vetters, der sie ums Geld geheiratet hat und ein Jahr nach der Verheiratung starb. Eine merkwürdige Person, ein Original. Unsere Stadt zeichnet sich durch Originale aus. Ihr drittes Wort ist: ›nun gerade‹ oder ›gerade nicht‹ und ihr Handeln eine Quintessenz dieses Wahlspruches.«

»Mit einem Wort, das Original ist eigensinnig, sollte das beim weiblichen Geschlecht so originell sein?«, fragte Brücken.

»In diesem großartigen Genre vielleicht doch«, meinte Lindemann, »es hört auf ein Fehler zu sein und ist eine Charaktereigentümlichkeit, sehr originell, wahrlich sehr! Übrigens eine Kerndame. Sie hat die Kinder ihres verstorbenen Bruders zu sich genommen und erzieht sie wie ihre Kinder. Die Älteste, Fräulein Ursula, ist Aschenbrödel; Hasse, ein solider prächtiger Mensch, wie Sie einen zweiten in ganz L. nicht finden würden, lernt in Lichtenfeld die Wirtschaft. Die Jüngsten, Fräulein Liddy und Elly, sind Zwillinge. Ich sage Ihnen, die Residenz hat solche Zwillinge nicht aufzuweisen. Sie sind eine Merkwürdigkeit von L., so gut wie der alte Ratsturm, das Logengebäude, die Schiffbrücke und die romantischen Flussufer bei Mondscheinbeleuchtung.«

Alle lachten, der Verspottete lachte gutmütig.

»Weiter, Lindemann, noch mehr von der alten Tante und ihren hübschen Nichten«, sagte der Kreisrichter.

»Ja, fahren Sie fort, Sie Baedeker von L.!«, spottete Clemens wieder.

Lindemann warf ihm nur einen Blick zu, dann sich zum Kreisrichter wendend, fuhr er fort:

»Die Mädchen sind Engel, die Tante ist ein Original, voller Grillen und Launen, aufrichtig bis zur Grobheit, rücksichtslos, misstrauisch, aber ein Original, das sich aus der ganzen Welt nichts macht.«

»Wenn sie reich ist, hat sie recht«, schaltete Brücken ein.

»Reich wie Krösus und alles bekommen einmal ihres Bruders Kinder«, meinte einer der Herren.

»Das weiß ich besser«, berichtete Lindemann. »Die Zwillinge bekommen es. Gülzenow freilich wird sie dem Hasse nicht vorenthalten können, der arme Junge, das Gut ist verschuldet, das wird eine Erbschaft vom Teufel sein. Fräulein Ursula wird in ein Stift eingekauft, sie ist hässlich und das Fräulein liebt die Schönheit; bleibt niemand zum Erben als Summa summarum die Zwillinge oder eine derselben, da Frau von Fuchs, wie man sagt, das Geld beisammen lassen will.«

»Aber welche, welche?«, fragte einer der Herren.

»Vielleicht die, die nach dem Willen der Tante heiratet«, meinte Lindemann, »oder die am längsten ihre Stimme konserviert, die Dame ist eine Musikenthusiastin!«

»Bei allem dem aber«, fuhr Lindemann in schwermütigem Ton fort, »wie sollte man's machen, eine der Zwillinge zu lieben und die andere nicht?«

»Nun, man müsste eben keine lieben und die heiraten, die das Geld kriegt«, scherzte einer der Herren.

»Das Misstrauen der alten Tante«, fiel ein anderer ein, »kann dabei nicht hinderlich sein, Misstrauen ist immer blind, der Laune lässt sich jederzeit schmeicheln und solchen, die uns durch Grobheit imponieren wollen, imponiert man selber, wenn man sich nicht verblüffen lässt.«

»Hört, hört, ein Rezept zur Weltklugheit!«, rief der Kreisrichter.

»Ich werd's zum Apotheker tragen«, scherzte Brücken. »Schönsten Dank dafür. Ich habe die Ehre, der Dame Neffe zu sein.«

»Ihr Neffe, was, Sie? O Sie Schelm, Sie Verräter!«, riefen die jungen Herren durcheinander.

»Ihr Neffe? Und unser Baedeker hat das nicht gewusst?«

»Ihr Neffe!«, wiederholte dieser. »Wahrhaftig ja, Sie sind ein Brücken, und der Vormund der Kinder, ein Vetter der Dame, heißt auch Brücken, ein prächtiger alter Herr –«

»Mein Vater«, sagte Clemens.

»O Kinder, dann schadet es nichts, dann haben wir's mit einer ehrlichen Haut zu tun. Der Apfel fällt nicht weit vom Stamm und er ist seines Vaters Sohn!«, rief Lindemann, sich vergnügt die Hände reibend.

»Ich habe auch eben nicht viel Neues erfahren, meine Herren, und hatte mir schon vorher vorgenommen, meiner unbekannten Tante zu imponieren, wenn auch nicht um der jungen Damen willen«, sagte Clemens freundlich.

Die Kerzen brannten hell im Ballsaal. Noch war der Tanz nicht angegangen, obgleich schon jene leichte, durch einzelne Bogenstriche sich verratende Unruhe im Orchester den baldigen Anfang verhieß.

Die alten Damen in ihren schweren seidnen Gewändern schwammen wie Segelschiffe durch den Saal, sich beizeiten den besten Platz zum Zusehen zu sichern; ältere Herren in schwarzem Frack oder bunter Uniform warfen sehnsüchtige Blicke nach den Spieltischen im Nebenzimmer, diesem Hafen der Ruhe nach den ausgestandenen Leiden der Polonaise. Die junge Welt wogte lustig plaudernd durcheinander.

Ein fröhlicher Anblick, ein buntes Blatt im Buche menschlichen Lebens, dem oberflächlichen Betrachter nur harmlose Schriftzüge zeigend und doch ein Feld, auf dem Nesseln wachsen wie Rosen.

»Da kommen sie!«, sagte Lindemann zu Brücken, der sich zwar den Vätern und Müttern der Stadt, den älteren Herrschaften vom Lande hatte vorstellen lassen, die jungen Damen aber noch musternd, an eine der Säulen der Galerie gelehnt stand, auf der das Orchester platziert war.

»Wer?«

»Die Gülzenower, die Fuchsin mit den Schwesterelfen. Nähern Sie sich ihr jetzt. Sie liebt es nicht, während sie dem Tanz zusieht, inkommodiert zu werden. Sonst kommen Sie hier weg, denn hier, just hier pflegt sie zu sitzen.«

Clemens lachte.

»Wozu die vielen Umstände, ich will sie nicht beerben«, sagte er ziemlich laut, sodass die Dame wohl die Worte hätte hören können, denn sie, die mit kurzem Kopfnicken durch die begrüßende Menge gerade auf ihren gewohnten Platz zugeschritten war, stand dicht vor ihm, sah ihn mit ihren kleinen grauen Augen, die sich so scharf wie Dolche in den betrachteten Gegenstand einbohren konnten, forschend an, dann, da er nicht gesonnen zu sein schien, den hinter ihm stehenden Stuhl durch sein Fortgehen frei zu machen, schritt sie hart an ihm vorbei, ergriff den Stuhl, ihn so dicht an seine Füße stellend, als es nur möglich war, ohne diese empfindlich zu berühren und setzte sich behaglich hin, ihr rosinfarbenes Samtkleid dicht zusammenraffend, damit es im Gedränge nicht mit unvermeidlichen Fußtritten regaliert würde.

Brücken fühlte eine Anwandlung in lautes Lachen auszubrechen, teils über das energische Verfahren der Dame, teils über der Umstehenden verblüffte Gesichter. Er unterdrückte es, und nachdem er ein paar Sekunden in seiner unbequemen Stellung zwischen Säule und Stuhl verharrt hatte, zog er sich mit dem Bewusstsein ins Spielzimmer zurück, jedenfalls auf die Dame einen Eindruck gemacht zu haben, gleichviel welchen.

Der Tanz begann und der Ballabend hatte seinen gewöhnlichen Verlauf. Alt und Jung schaute hinein in den bunten Zauberspiegel des Vergnügens, der zwar viel oberflächliche Bilder, aber doch auch jedem etwas von der eignen Seele zurückstrahlt.

Vor den Augen der Frau von Fuchs, sie mochte nun hinsehen wohin sie wollte, schwebten zwei jugendliche Gestalten, einfach in Weiß gekleidet, die eine mit rosa, die andere mit blauen Schleifen und Kränzen, sonst eine wie die andere. Gestalt, Gesichtszüge, Farben, Ausdruck – eins; über beide derselbe Hauch der Unschuld, der harmlosesten Freude, des gänzlichen Fernseins hohler Eitelkeit, bewussten Triumphes, obgleich nicht nur die Schmeichelei ihre Künste an Liddy und Elly von Fuchs versuchte, sondern auch wirkliches respektvolles Wohlgefallen dem Zwillingsschwesternpaar vielfache Huldigungen darbrachte.

Was wussten die holden Kinder davon, für die der Tanz nichts als ein Ausdruck innerer Herzensfröhlichkeit war, die in der Huldigung, der sie begegneten, nichts anderes sahen als zahlreiche Beweise der zur Güte geschaffenen Menschennatur!

Es hatte wohl jeder seine Freude an den liebenswürdigen Mädchen. Nur Clemens Brücken schien unempfindlich dagegen oder affektierte wenigstens eine völlige Gleichgültigkeit gegen die unbekannten Verwandten.

Er saß, mit dem Rücken dem Ballsaal zugekehrt, im Spielzimmer und beantwortete jede Frage, ob er schon seiner gestrengen Tante oder seinen schönen Cousinen vorgestellt sei oder ob er es nicht zu tun wünsche, mit einem gleichgültigen »Es hat Zeit, nachher.«.

Inzwischen hatte auch Frau von Fuchs schon von der Anwesenheit des Neffen gehört, den sie selbst nie gesehen, mit dessen Vater sie aber in mancherlei Beziehungen stand. Halb ärgerte sie sich über die Ungezogenheit des Sohnes, halb freute sie sich, unter so vielen, die ihren Verhältnissen, wenn auch nicht ihr selbst, Aufmerksamkeiten erwiesen, endlich einen zu finden, der sich, um ihren eigenen Gedanken wiederzugeben, den Teufel um sie und ihr Geld scherte. So waren ihre Empfindungen sehr geteilt, als plötzlich während des Kotillons Brücken, der seine Partie beendet, quer durch die Reihen der Tanzenden hindurch auf sie zugeschlendert kam, sich gerade vor sie hinstellend und ihr so die gesuchte Aussicht abschneidend, mit einer leichten, aber graziösen Verbeugung freundlich sagte:

»Gnädigste Tante, ich gebe mir die Ehre mich Ihnen selbst vorzustellen, ich bin ein Brücken.«

»Gut«, sagte die Dame, seinen verbindlichen Gruß mit steifem Kopfnicken erwidernd, »gut, mein Herr von Brücken. Es laufen viel bunte Hunde in der Welt herum und sind deshalb doch nicht alle miteinander verwandt.«

»Aber wir bunten Hunde sind es«, entgegnete er lächelnd. »Ich bin der Sohn des Major von Brücken.«

»So hör ich; aber die Verwandtschaft ist auch nur von Adam und Eva her.«

»Verzeihung, gnädigste Tante – meine Mutter war eine geborne Fuchs, meine Großmutter –«

»Sie nehmen mir ganz und gar die Aussicht, Herr Neffe, ich sehe dem Kotillon gern zu«, unterbrach ihn die Dame.

Brücken trat mit einer artigen Verbeugung zur Seite und da er zufällig in der Nähe einen leeren Stuhl sah, rückte er diesen neben die Tante.

»Wenn Sie erlauben?«, sagte er und nahm Platz.

»Der Stuhl wird sich sehr freuen«, entgegnete sie kurz.

Ein kurzes fröhliches Auflachen folgte dieser Abweisung. Brücken hatte, ebenso wie einen hübschen sonoren Sprachton, so auch etwas Melodisches in seinem Lachen. Es klang frisch aus dem Herzen herauf und wirkte leicht ansteckend. Frau von Fuchs hatte wohl am wenigsten diese harmlose Erwiderung ihrer unhöflichen Bemerkung erwartet. Sie sah ihn ganz erstaunt an, fühlte sich aber unwillkürlich geneigter ihm zuzuhören, als er ganz ruhig wieder von seiner Großmutter anfing und die Bemerkung einfließen ließ, dass diese eine intime Freundin von Tante Rosinens Mutter gewesen sei.

»Ich wollte, sie wäre es nicht gewesen, ich habe den verwünschten Namen von ihr geerbt«, brummte Frau von Fuchs. »Rosine! Wie kann man ein Kind Rosine nennen, es zu dem Zustand vertrockneter Süße prädestinieren! Ha, nichts gräulicher als süß sein! Das ist nicht mal an einem Courmacher angenehm. Rosine! In meiner Jugend wollten sie Rose daraus machen. Das habe ich mir verbeten. Ich habe nie etwas von einer Rose gehabt, es müssten denn die Dornen gewesen sein« – sie blickte ihren Nachbar herausfordernd an, als wolle sie Widerspruch herauslocken, nur um das Recht zu haben, sich über die Schmeichelei zu ärgern, aber seine Aufmerksamkeit war nur eine halbe gewesen. Zum Teil unbewusst, wie er in den Kreis der Tanzenden schaute, war ihm auf einmal ein Blick aus zwei blauen Mädchenaugen begegnet, so allerliebst verwundert, so schelmisch neugierig und so ohne alle Koketterie unbefangen, dass sein für Frauenschönheit sehr empfänglicher Sinn sich wunderbar getroffen fühlte.

Die junge Dame schossierte vorüber auf einen in nächster Nähe der Frau von Fuchs sitzenden Herrn zu; zu gleicher Zeit kam von der entgegengesetzten Seite des Saales ein anderes junges Mädchen leichtfüßig einhergehüpft, denselben Herrn in die Tour zu wählen. Lachend blieben beide stehen. Es waren die Zwillingsschwestern. Im Fluge wurden ein paar Worte ausgetauscht.

»Es ist wirklich Hexerei, dass wir immer dasselbe tun und denken«, meinte Liddy.

»Hexerei? Sage doch lieber Zauberei«, entgegnete Elly.

Sie nickten einander zu und wollten der Tour folgen, da sagte Letztere noch eilig:

»Liddy, weißt du, wer der Herr ist, der neben der Tante sitzt?«
Jene schüttelte den Kopf.

»Bemerkt habe ich ihn auch, aber ich weiß es nicht«, entgegnete sie schnell.

Dies flüchtige Zusammentreffen der beiden, ihr kurzes Zwiegespräch fiel störend zwischen der Tante letzte Äußerung und die in halber Zerstreuung gegebene Gegenbemerkung:

»Was tut der Name zur Sache?«

»Sehr viel; er bezeichnet sie und sollte es wenigstens tun«, sagte Frau von Fuchs. »Was denken Sie sich z. B. unter Elly und Liddy?«, fragte sie, den Blick auffangend, der den Schwestern folgte.

»Zwei nette kleine Bologneser Hündchen«, antwortete er.

»Unsinn!«, fuhr sie auf. »Bologneser Hündchen!«, und sie drehte ihm den Rücken zu.

Brücken lachte wieder still in sich hinein, aber diesmal unhörbar, und somit blieb ihr Antlitz abgewendet. Eine Weile saß er schweigend neben ihr.

»Wer sind die beiden blonden Mädchen, die einander so ähnlich sehen, gnädigste Tante?«, redete er sie dann wieder an. »Sie sind recht artig, in der Tat!«

»Recht artig, in der Tat!«, wiederholte sie. »Welch nichtssagendes Lob! Es sind meine Nichten, Liddy und Elly; vielleicht übertreffen sie ein wenig die Fantasie von den Bologneser Hündchen, hm?«

Brücken lehnte sich in den Stuhl zurück, schlug ein Bein über das andere und sagte in einem zwischen Unverschämtheit und Gleichgültigkeit schwankenden Tone:

»Recht artig in der Tat; was bekommen sie mit, Tante?«

»Drei Geschwister und mich, sowie die alte Dore, die noch weniger eine Rose ist und noch mehr Dornen hat als ich. Übrigens werde ich sorgen, dass sie keinen heiraten, der nach der Mitgift fragt«, antwortete sie scharf.

»Da haben Sie auch recht; denn wer erst nach der Mitgift fragt, hat das Mädchen gewiss nicht lieb«, sagte Brücken so treuherzig, dass sie ganz irrewurde.

Hatte er denn nicht in seinem Interesse die unverschämte Frage gewagt? Was dachte er sich überhaupt dabei?

»Die Leute sagen, Vetter Hasse, Ihr Universalerbe, Tante, würde einmal ein verteufelt reicher Kerl als Besitzer von Gülzenow«, fuhr Brücken mit unerschütterlicher Ruhe fort.

»Sind diese Leute etwa Ihr Vater, mein sehr werter Vetter, der Herr Artilleriemajor?«, fragte Frau von Fuchs in giftigem Ton. »Dann kann ich Ihnen sagen, dass diese Voraussetzung ein Fehlschuss ist, mit einer Bombe geschossen zwar, aber doch fehl.«

»Jeder wie er's versteht; Amor schießt mit Pfeil und Bogen, die Artillerie mit Bomben und Granaten«, entgegnete Clemens im harmlosesten Ton von der Welt.

»Ja, darum nennt man sie auch das grobe Geschütz«, warf ihm Frau von Fuchs ein.

»Amor war, soviel ich weiß, nie Artilleriemajor«, fuhr Clemens in derselben Weise fort, »er hat mit Bomben nichts zu tun, desto mehr Bomber soll er gemacht haben. Der schlimmste ist, wenn er einen armen Teufel zwingen will, den Pfeil auf das Herz eines reichen Mädchens abzudrücken. Das ist wahrhaftig ein Bomber, der Himmel bewahre mich davor! Aber was den Papa betrifft, Tante«, fuhr er, auf einmal wieder lebhafter werdend, fort, »so tun Sie ihm Unrecht. Er hat mir nie ein Wort über Hassos Aussichten gesagt. Ich wiederhole nur, was ich hier in der Stadt gehört. Von wem doch gleich? Wie heißt doch der alte Kerl von Partikulier, mit dem ich alle Tage zu Mittag speise? Sie nennen ihn den Baedeker von L.«

»Ach der Lindemann, das alte Klatschmaul«, sagte die Dame in ihrer drastischen Weise.

»Er scheint ein sehr guter Freund von Hasso oder vielmehr Gönner zu sein«, fuhr Clemens fort. »Apropos, mein unbekannter Vetter scheint's allen alten Herren anzutun. Mein Vater stellt ihn mir auch immer zum Muster auf, und bei alten Damen scheint er auch Glück zu haben. Man darf Sie doch wohl alt nennen, Tante? Sie haben doch darin keine Vorurteile?«

»Nicht die mindesten, meinetwegen nennen Sie mich Methusalem!«, fuhr sie ihn an und richtete ihre Blicke wieder nach den Tanzenden hin.

Clemens nahm keine Rücksicht darauf.

»Ich bin recht neugierig Hasso kennenzulernen«, fuhr er zu sprechen fort. »Er hat ein Jahr in B. studiert, da arbeitete ich beim Gericht in C. Als ich zurückberufen wurde, war er schon fort. Er soll ja sehr schön singen.«

Tante Rosine nickte zerstreut. Es wurden Bouquets verteilt, und es interessierte sie sehr zu sehen, wie viel der duftigen Blumengaben Elly und Liddy zuteil würden.

16

»Wenn man nur beim Singen nicht den Mund aufmachen müsste!«, fing Clemens wieder an.

»Das tut man beim Sprechen auch, wenn es auch wahrhaftig oft besser wäre, man hielte ihn geschlossen«, entgegnete die Tante mit grimmigem Seitenblick.

»Ach, sprechen hört man oft genug Trivialitäten«, fuhr er ganz harmlos fort, »dazu passt das unschöne Manöver, aber beim Gesang! Harmonie und ein offner Mund, das stimmt nicht zusammen.«

»Gott erbarme sich, durch die Nase kann man doch nicht singen!«, fuhr die Tante ihn an.

»Nein, das möchte wohl nicht hübsch klingen«, entgegnete er ernsthaft.

Die Tante sah ihn erstaunt an. Sie wusste nicht, was sie aus ihm machen sollte.

»Ich habe die Ehre mich zu empfehlen, ich drücke mich«, flüsterte er der Tante zu. »Wer nicht selbst tanzt, kann unmöglich einem Ball bis zu Ende beiwohnen!«

Er schlüpfte wieder auf seine gewandte Weise durch die Tanzenden und verschwand, aber freilich nur bis in das Wirtszimmer auf der andern Seite, wo er nicht nur bis der Ball zu Ende war, sondern ziemlich bis Tagesanbruch sitzen blieb, um mit einigen Gleichgesinnten die doch einmal angerissene Nacht lustig bei sprudelndem Sekt und unter sprudelnder Unterhaltung vollends zu Ende zu bringen.

Ruhe schwebte über der Stadt, Ruhe über dem Hause in der G...er Vorstadt, in welchem Frau von Fuchs wohnte. Ursula hatte die Heimkehrenden empfangen, eine gemütliche halbe Stunde wurde noch beim singenden Teekessel Unterhaltung gepflogen, die jungen Mädchen erzählten ihre kleinen Ballerlebnisse, Tante Rosine brummte über den neuen Neffen, schalt auf seinen impertinent freien Ton, rühmte sein musikalisches Lachen und seine hübsche Erscheinung und setzte hinzu:

»Das Beste an ihm ist noch, dass er sich nichts daraus zu machen scheint, ob er mir gefällt, aber nun gefällt er mir gerade.«

Dann gingen sie alle zu Bett. Die Lampen wurden verlöscht, die Ballkleider lagen über Stühle gebreitet, die Kränze und Schleifen ruhten im bergenden Karton von den stummen Taten des Abends aus. Sie hatten ihre Schuldigkeit als lachende Hülle lachender Seelen getan. Die Seelen selbst spannen die Eindrücke des Abends im Traum weiter, um morgens einander die Träume zu erzählen, unschuldige Träume, holde Bilder, die Sonnenseite des Lebens widerstrahlend. – Wann wird der erste Schatten verdunkelnd auf die bunten Farben fallen, die so schön aussehen und doch nicht viel mehr bedeuten als der Staub auf den Flügeln des Schmetterlings?

Wir verlegen den Schauplatz um zehn Jahre zurück. Es war ein rauer Novembermorgen, die Sonne noch nicht aufgegangen, der Reisewagen hielt vor der Tür.

Vor wenigen Tagen hatte ein anderer Wagen dort gestanden, schwarz behängt, von traurigem Aufsehen. Er führte die Mutter der Waisen, die jetzt in das fremde Leben hinaussollten, der letzten Ruhestätte zu. Freifrau Rosine von Fuchs, die Schwägerin der Verstorbenen, hatte sich erboten, die nun ganz verwaisten Kinder ihres schon früher dahingegangenen einzigen Bruders zu sich zu nehmen. Sie war reich, hatte keine näheren Verwandten. Ihr großherziges Anerbieten hatte die letzten Stunden der Leidenden versüßt, – es hatte die volle Billigung des Vormundes der Kinder, des Majors von Brücken, der auf die Nachricht vom Tode der Frau von Fuchs herbeigeeilt war, ihren Nachlass zu ordnen und über die Reise der Kinder zu verfügen.

Sie standen oben in ihre Reisekleider gehüllt, sie hatten, die beiden Ältesten still, die kleinen Zwillinge mit heißen Tränen, der mütterlichen Heimat Lebewohl gesagt; der alte Herr gab, wohl hauptsächlich dem vierzehnjährigen Hasso und seiner um ein Jahr älteren Schwester Ursula, noch manche goldene Lebensregel mit auf den Weg.

Bei grauer Dämmerung fuhren die Reisenden aus und grau und trübselig lag der ganze Tag vor ihnen. Dann ging die Sonne auf, für die Stadtkinder ein nie gesehenes Schauspiel, das augenblicklich die Szenerie änderte und der bis dahin noch gedrückten Stimmung auf einmal einen wohltätigen Schwung verlieh. Wie kann man in einer Welt verzagen, in der täglich die Sonne aufgeht!

In einer kleinen Stadt wurde Mittagsrast gemacht. Hasso ließ sich und den Geschwistern eine aparte Stube geben, Ursula bestellte das Essen, sie kamen sich wie die Eltern der beiden kleinen Mädchen vor und fühlten das Verantwortliche ihrer Stellung mit einer Art ernster Genugtuung.

Den Zwillingsschwestern Elly und Liddy kam es unendlich interessant vor, in einem fremden Ort, in einem Wirtshause zu speisen. Das war noch nie geschehen. Aber als sie an dem gedeckten Tisch Platz nahmen und Hasso das Tischgebet sprach, dasselbe, das die Mutter sonst gesprochen hatte, als ihm das Wasser hell in die Augen schoss und Ursulas Lippen zuckten, da weinten sie laut, aber das Essen schmeckte ihnen doch und die Weiterreise wurde mit frischem Mut angetreten.

Vor Abend konnten sie nicht in L. bei der Tante sein, aber wie früh löst im November der Abend den Tag ab, besonders wenn dieser konsequent in den weißen Schneemantel gehüllt bleibt.

Wohl hundertmal fragten Liddy und Elly den Kutscher, ob sie noch nicht bald da wären. Er nannte immer noch eine Meilenzahl, die ihre Ungeduld erhöhte. Der Kutscher gehörte auch zu der lieben zerrissenen Häuslichkeit. Er war ein Gülzenower Kind und zählte schon deshalb zur Familie. Der verstorbene Vater der Kinder hatte ihn als blutjungen Menschen zu seinem Dienst herangezogen und er sich so vortrefflich bewiesen, dass die Witwe ihn nach dessen Tode behielt. Er war noch ein ziemlich junger Mensch, kaum vierunddreißig Jahr alt, aber für die jungen Kinder, die von Anbeginn ihres Lebens immer dasselbe Gesicht im Hause gesehen, hatte Joseph schon etwas Patriarchalisches.

Endlich hieß es: »Da ist ein Kirchturm zu sehen, da ein zweiter, dritter, das ist L. Jetzt fahren wir in die G...er Vorstadt ein, dort das Haus mit dem Kastanienbaum vor der Tür ist es, dort wohnt die Tante.«

Die beiden Kleinen, die schon ganz reisemüde waren, atmeten fröhlich auf, den Älteren fiel, sozusagen, das Herz vor die Füße. Ein Gefühl unsäglicher Bangigkeit ergriff sie. Seit dem Tode des Vaters war die Tante nicht mehr in ihr Haus gekommen, sie hatten nur ein undeutliches Bild von ihr in der Seele und das gemahnte an harte, wenig einnehmende Züge. Sie reichten einander stumm die Hände. Es war ein Schutz- und Trutzbündnis für schlimme und gute Zeiten.

Der Wagen hielt. An einem der Fenster der Beletage wurde ein Vorhang etwas zurückgeschoben und ein von steifem Haubenstrich eingerahmtes Gesicht blickte neugierig hinunter. Zu gleicher Zeit ging die Haustür auf, ein Diener kam den Wagenschlag zu öffnen und den Kindern herauszuhelfen, aber Joseph war schon vom Bock herunter und ihm zuvorgekommen.

»Ich muss gleich Abschied nehmen, ich fahre morgen in der Frühe zurück«, sagte er mit mühsam bekämpftem Zittern der Stimme.

Die kleinen Mädchen hingen sich an ihn.

»Lieber, lieber Joseph, bleib«, baten sie.

Ursula verwies ihnen freundlich die unverständige Bitte. Sie selbst reichte Joseph mit zutraulichem Kopfnicken die Hand, sie brachte kein Wort heraus.

»Leb wohl, alter Joseph«, sagte Hasso. »Nun geht unser letzter Freund! Wann, wo werden wir uns wiedersehen?«

»So Gott will, auf Gülzenow«, entgegnete Joseph, dem es nun gelungen war, seine Bewegung zu unterdrücken, mit kräftiger Stimme. »Auf Gülzenow. Ich bleibe jetzt beim Vater in der Wirtschaft, und wenn der Herr Junker Herr auf Gülzenow sein werden, dann werde ich wieder Herrendiener, jetzt will ich meines Vaters Knecht sein.«

»Herr von Gülzenow, das hat gute Wege«, meinte Hasso, »aber irgendwo aufs Land gehe ich und dann kommst du zu mir, das ist abgemacht, dann wollen wir zusammen wirtschaften.«

»Die gnädige Tante werden ungeduldig sein, wollen die Herrschaften nicht heraufkommen?«, mahnte Johann, der Freifrau von Fuchs Kammerdiener.

Noch ein Lebewohl aus aller Munde, Joseph sprang auf den Bock.

»Noch nicht fortfahren, warten!«, rief eine Stimme oben aus dem geöffneten Fenster, das aber gleich wieder geschlossen wurde.

»Hast du gehört, Joseph? Du sollst warten«, sagte Hasso und folgte nun seinen Schwestern ins Haus, die Treppe hinauf, ins erste Geschoss.

Auf dem Flur wartete ihrer Dore, die mit der Tante alt gewordene Dienerin, hieß sie ablegen, den Kleinen dabei helfend, wobei sie ein »Gott bewahre mich, Ihr seht ja aus eine wie die andere!« ausstieß und Hasso wie Ursula einer strengen Musterung unterwarf.

»Nun wird wohl schön alles im Hause zerschlagen werden«, sagte sie dann mit einem Seitenblick auf Hasso, »der junge Herr scheinen gerade in dem Alter dazu. Alle Glieder zu lang und noch nicht Saft und Kraft darin. Nun, hier wird's wohl werden, unsere Line kocht gut, hat's von mir gelernt, die gnädige Frau hält was auf gute Bissen.«

Hasso lachte zu der Bemerkung über seine langen Glieder, die daran geknüpfte Verheißung machte wenig Eindruck.

»Wir sind fertig, dürfen wir jetzt zur Tante gehen?«, fragte Ursula mit ihrer leisen Stimme, die so gut zu ihrem anspruchslosen Äußern passte und doch etwas Festes und Sicheres hatte, das etwaigem Widerspruch vorzubeugen schien.

»Ja, ja, Sie dürfen, gnädiges Fräulein«, stotterte Dore.

Ursula lächelte.

»Nennen Sie mich nur lieber Ursula, wie Sie's sonst taten. Ich höre meinen Namen lieber, und meine Gnade wird wohl vorläufig noch nicht viel zu bedeuten haben.«

Dore knickste.

»Nun, wenn Sie's denn erlauben«, sagte sie, während ihre brummige Miene sich gleichfals aufhellte, »Fräulein Ursula. Gott, wie das herangewachsen ist!« Sie betrachtete Ursula forschend. »Sie werden nicht von ihr verzogen werden«, setzte sie dann hinzu. »Machen Sie sich nichts daraus, Herzenskind, ich werde es tun. Gleichgewicht muss sein in der Welt.«

Ursula sah erstaunt die Redende an. Sie verstand nicht gleich, was sie meinte, hatte auch keine Zeit darüber nachzudenken, denn jetzt wurde die Tür geöffnet und eine große starkknochige Dame erschien in derselben. Sie hatte hastige, ungraziöse Bewegungen, ein strenges trotziges Gesicht, kleine, meist spitz und scharf blickende Augen, in denen aber doch zuweilen, wie eben jetzt, Wohlwollen, ja sogar nicht selten enthusiastisches Empfinden auflorderte, das die Härte der Züge und des Ausdruckes wunderbar milderte und wie verschönend überhauchte.

»Na, seid Ihr da? Nur herein, kleines Gekrassel!«, rief sie den Kindern zu. »Herr Gott, der große Junge! Mensch, was mach ich mit dir? Eins, zwei, drei, vier Stück, richtig abgeliefert. Johann kann es dem Kutscher bescheinigen. In Talerscheinen natürlich, und du, Dore, sorge für Abendbrot.«

Die Kinder waren eingetreten. Ein behaglich durchwärmtes Zimmer nahm sie auf, die Tante winkte ihnen ans Licht zu treten. Hell fiel der Lampenschein auf die beiden Ältesten, Liddy und Elly standen im Schatten eines großen Lehnstuhls.

»Wie alt bist du?«, fragte die Tante Hasso.

»Vierzehn Jahr.«

»Und Ursula?«

»Fünfzehn«, lautete die Antwort.

»Weißt du schon, was du werden willst?«, wandte sie sich wieder an den Ersten.

»Jäger oder Landwirt«, entgegnete er ohne sich zu besinnen.

Ein misstrauischer Blick schoss aus Rosinens Augen.

»Spukt dir etwa Gülzenow im Kopf?«, fragte sie rau. »Kann's vererben, wem ich will, ich kann es alle Tage verkaufen, darauf mache dir keine Rechnung.«

Hasso antwortete nicht. Der ehrliebende Knabe fühlte sich halb verletzt, halb verlegen durch einen Ton, der fremd, wie nicht in seine Welt gehörig, in sein Ohr klang.

»Landwirt werden ohne sichern Güterbesitz? Unsinn!«, fuhr die Tante fort.

»Was man nicht hat, kann man erwerben«, sagte Hasso mit rasch erwachtem Selbstbewusstsein. »Wenn man keine eigne Wirtschaft hat, arbeitet man in fremder«, setzte er bescheiden hinzu.

Seine ehrliche Miene, der offene Blick, mit dem er die Tante ansah, besänftigte diese.

»Gut, wir wollen sehen, was sich aus dir machen lässt«, sagte sie freundlicher und fuhr dann, Ursulas kleine gedrungene Gestalt, ihre wenig hübschen Züge mit bedenklichem Kopfschütteln betrachtend, fort. »Für dich wird's eine Stiftsstelle tun, eine Leibrente oder etwas derartiges. Wo hast du nur dein Gesicht her? Von Vater und Mutter nicht, das waren schöne Leute.«

»Ich denke, vom lieben Gott«, sagte Ursula gelassen.

»Nun, so bedank dich bei ihm!«, lautete die rasche Entgegnung.

Dann winkte Tante Rosine den Zwillingen, näher zu treten.

»Euch kenne ich ja noch gar nicht«, sagte sie. »Ihr armen Dinger wurdet nach des Vaters Tode geboren, und seit er tot war, was sollte ich da bei euch! Kommt, lasst euch ansehen. Himmlischer Gott, wie seltsam!«, rief sie aus, als jene schüchtern und verlegen dem Gebot gehorchten. »Ihr gleicht euch ja, wie ein Tropfen Wasser dem andern. Kommt her, ihr Blumen an einem Stängel, ihr blauäugigen Goldköpfchen! Was ihr für hübsche Narren seid, und nun diese Ähnlichkeit! Oh, so etwas amüsiert mich, ihr allerliebstes kleines Spielzeug ihr, so recht zum Verziehen geschaffen!«

Sie setzte sich auf einen Lehnstuhl, zog die Kinder zu sich heran und betrachtete sie mit bewundernden Blicken.

In der Tat rechtfertigte der holde Anblick wohl die Bewunderung, wenn auch allerdings nicht den lauten unverständigen Ausdruck derselben. Die Kinder waren wunderhübsch. Sie sahen mit ihren rosigen Gesichtern und blonden Haaren in der düstern Trauerkleidung gerade aus wie zwei Moosrosenknospen, die lauschig aus der dunklen Umhüllung des Mooses herausblicken. Eine genau wie die andere, nur der dunkle kleine Leberfleck, den Elly über dem rechten Auge hatte, machte es möglich sie zu unterscheiden.

»Ihr hübschen Affen, euch werde ich lieb haben!«, sagte die Tante und küsste die Kinder. »Könnt ihr schon was, seid ihr schon in die Schule gegangen?«

»Zu Schwester Ursula«, lautete die Antwort der Kleinen.

»So, das ist ja gut, wenn du dazu zu brauchen bist«, sagte die Tante mit einem wohlwollenden Blick auf Ursula. »Was habt ihr bei Ursula gelernt?«

»Lesen, schreiben, rechnen, deklinieren –«

»Lasst's gut sein, Kinder«, fiel die Tante aufgeheitert dazwischen. »Ihr könnt ja schon sehr viel. Vielleicht lernt ihr auch noch singen und dann ist vollends alles gut.«

»Oh, wir können schon, können schon«, versicherten die Zwillinge und stimmten gleich, die Wahrheit der Aussage zu bekräftigen, unaufgefordert eines der lieblichen Kinderlieder an, die sie von der Mutter gelernt, als diese gesund war und womit sie ihr manche bange Leidensstunde verkürzt hatten. Die feinen Stimmen klangen hell wie eine silberne Glocke, nicht ein unreiner Ton beleidigte das musikalische Ohr der Tante. Sie sang leise mit, auch Hasso und Ursula folgten aus alter Gewohnheit. Hassos hoher Knabentenor und Ursulas weicher Alt vollendete die Harmonie. Tante Rosine küsste die Kinder nach der Reihe, als das Lied aus war.

»Nun habe ich, was ich für mein Leben brauche«, sagte sie und rieb sich vergnügt die Hände.

Dore rief zum Abendbrot. Es war vorzüglich zubereitet und würde ein andermal den Kindern wohl trefflich gemundet haben, aber nach dem Lied regte sich das mühsam unterdrückte Heimweh in den beiden Älteren und bei den Kleinen meldete sich der Sandmann, der ihnen zuletzt die Körner so grob in die Augen streute, dass alles Aufreißen nichts mehr half.

Die Tante machte der Qual ein Ende, indem sie sie sämtlich zu Bett schickte, die Ermüdung der Reise auszuschlafen und gestärkt zu einem neuen Lebensabschnitt zu erwachen.

Sie selbst wanderte, die Arme gekreuzt, noch lange nachdenklich im Zimmer auf und ab. Es war immerhin keine Kleinigkeit, einen so einsamen Hausstand plötzlich um vier Menschen vermehrt zu sehen, die alle ihren besonderen Anspruch an Liebe und Fürsorge erhoben. Der Entschluss, die Kinder ihres Bruders zu sich zu nehmen, in einer enthusiastischen Aufwallung gefasst, war nun ausgeführt. Ein wahrer Gedankensturm ergriff sie, eine Felsenlast neuer Pflichten schwerer Verantwortung fiel auf ihre Seele. Es ist ein so ungeheurer Sprung von einem bloßen Projekt bis zu dessen Ausführung.

Sie hatte sich Hasso nicht so groß, so, sie wusste selbst nicht wie, gedacht. Es war etwas in Ursulas ruhiger Miene, was sie beirrte. Sie ahnte ein Übergewicht, das Übergewicht, das ein harmonisch gestimmtes Gemüt immer über ein solches behaupten wird, das jeder leidenschaftlichen Regung nachgibt – sie schaute in eine Tiefe, die ihr fremd, unverständlich war.

»Ach was!« Mit einer energischen Bewegung riss sie ihre Haube vom Kopf und warf sie in die entfernteste Ecke des Zimmers. Dann klingelte sie.

Johann trat ein.

»Was sagte der Kutscher, der die jungen Herrschaften hergebracht, zu meinem Neffen? Er ist so lange im Hause gewesen, war der Abschied sehr traurig?«

»Ich kann's nicht wohl sagen, ich habe nicht hingehört, aber ich glaube, er bat den jungen Herrn, ihn in Dienst zu nehmen, wenn er Herr von Gülzenow sein würde«, entgegnete Johann mit höchst unschuldiger Miene.

Tante Rosine griff nach dem Kopf, aber die Haube saß nicht mehr auf demselben und das brachte sie zu sich.

»Das ist vorsorglich«, sagte sie in einem gleichgültig sein sollenden Ton. »Mein Neffe versprach es ihm doch?«

»Ich weiß nicht, ich habe nicht hingehört, ich denke, der junge Herr werden wohl gesagt haben. ›Erst haben, Freundchen, dann –‹«

Eine dritte Bewegung der Hand nach dem Kopf.

»Es ist gut, Sie können gehen, Dore soll kommen!«

Dore kam, ihre Herrin zu entkleiden. Die Kinder in dem an das Schlafzimmer der Tante grenzenden Gemach schliefen den tiefen, festen Schlaf der Unschuld, sonst würden die Kleinen, erschrocken über den ungewohnten zänkischen Ton der Unterhaltung, furchtsam die Decken über den Kopf gezogen und Ursulas Herz mit noch schmerzhafterer Sehnsucht nach dem himmlischen Frieden, der liebevollen Einigkeit der verlorenen Heimat zurückgeblickt haben.

»Der Herr Vormund sind gefälligst ein Esel«, erklärte Tante Rosine, nachdem sie das Schreiben gelesen, das Hasso ihr am nächsten Morgen im Auftrage desselben überreichte. »Weißt du, was er mir schreibt?«, fragte sie und sah den Knaben forschend an.

Dieser verneinte.

»Wenn man dir nur glauben könnte; Jungens lügen alle«, erklärte die Tante.

»Ich lüge nicht«, versicherte Hasso.

Die Tante sah ihn noch immer misstrauisch an.

»Hat er dir auch nicht erzählt, dass ich sehr reich bin und dass ich die Verpflichtung habe, euch mein Geld zu vermachen?«, fuhr sie in heftigem Tone fort.

»Nein«, versicherte Hasso abermals.

»Auch nicht«, rief sie noch heftiger aus, »dass ich eigentlich mit Unrecht Gülzenow besitze, obgleich, wenn ich's nicht meinem Vater gerettet hätte, wer weiß, wer sich heut breit darauf machte? Er hat euch nichts erzählt von dem, was die Narren sagen, von einem verlorengegangenen Testament und dergleichen?«

»Nichts, Tante, ich weiß von alledem nichts«, beteuerte Hasso. »Ich weiß nur, dass du die Schwester meines Vaters bist und dass die Mutter Freudentränen weinte, als dein Brief kam, der ihr die Sorge um uns vom Herzen nahm.«

Er hatte das sehr innig gesagt, seine Augen standen voll Tränen, die Tante schien erweicht.

»So hat er dir also nicht aufgetragen, in Gülzenow nachzustöbern?«

Hasso zuckte diesmal nur die Achseln.

»So kommt zum Frühstück«, brach die Tante kurz ab.

Sie saßen noch am Kaffeetisch, Hasso und Ursula mit nachdenklichen Mienen, die Kleinen lachend und plappernd und von der Tante mit derben Liebesworten überschüttet, als ein leises Klopfen ertönte und auf Rosinens »Herein!« ein alter Herr eintrat, der ein kleines Mädchen an der Hand führte.

»Ach, lieber Fröhlich«, rief, die Tante ihm entgegen, »plagt Sie der Satan, dass Sie nun gar des Morgens früh, schon herunterkommen?«

»Der Satan nicht, aber die Neugierde und die Rose« – er deutete auf das Kind, das sich schüchtern an ihn schmiegte und den Kopf verschämt senkte, sodass die langen hellbraunen Locken ihr über das kleine errötende Gesichtchen fielen. »Sie hat sich so auf die neuen Gespielinnen gefreut«, setzte er erklärend hinzu.

»Nun, so komm, da sind sie!«, rief Rosine barsch, fasste das kleine Mädchen bei der Hand und führte sie den Zwillingsschwestern zu.

Ganz erstaunt blieb das Kind vor ihnen stehen, erschrocken ausrufend:

»Großvater, das sind ja dieselben, die ist die, und die ist auch wieder die!«

Die alten Herrschaften und die größeren Kinder lachten. Elly sagte ernsthaft:

»Wir sind Zwillinge, davon kommt das.«

»Ja, davon«, bekräftigte Liddy.

»Sie ist sechs Jahre und ich bin sechs Jahre und am fünften November haben wir beide einen Geburtstag«, fuhr Elly zu erklären fort und Liddy öffnete schon wieder den kleinen Schnabel zur Wiederholung, aber Rose unterbrach sie.

»Ich bin acht Jahre und mein Geburtstag ist im Juli.«

»Dem Rosenmonat, natürlich«, sagte Hasso, das engelschöne Kind mit sichtlichem Wohlgefallen betrachtend, mit rasch erwachter Knabengalanterie, die ihm einen freundlichen Blick Herrn Fröhlichs und einen derben Schlag auf die Schulter seitens seiner Tante einbrachte, die ihm ein lachendes »Courmacher, fängst früh an, Süßholz zu raspeln« zurief.

Die Bekanntschaft der Kinder war gemacht, sie saßen bald auf dem Fenstertritt der Tante, in eifriges Plaudern und Lachen vertieft. Es war ein reizender Anblick, den die drei lieblichen Kinder darboten, ein unvergessliches Bild, alle drei so unschuldig in die Welt blickend, so voll zarter Frische und lieblicher Anmut.

»Nicht wahr, sie sind hübsch?«, sagte die Dame in herausforderndem Ton zu Herrn Fröhlich. »Wahre kleine Engel!«

»Affen«, brummte Dore dazwischen.

»Dore, du bist schon wieder impertinent«, schalt Frau von Fuchs.

»Und Sie sind schon wieder ungerecht«, entgegnete die Dienerin. »Was Engel! Engel sind inwendige Geschöpfe, nicht auswendige, und in die kleinen Kröten hat noch keiner hineingesehen. Ich lobe mir die Große. Sie hätten mal sehen sollen, wie sie die Erste aus dem Bett war und wie sauber und flink sie sich zurechtmachte und den Kleinen half und das alles so still und freundlich; na, ich weiß wohl, wo ich den Engel suche.«

»Engel! Affe!«, entgegnete ihre Herrin.

»Meinetwegen auch, wenn wir tot sind, ist alles gleich, im schönen Himmel sind wir alle Engel.«

»Affen!«, schrie Tante Rosine in der Gewohnheit des Widerspruchs, lachte aber dann über sich selbst und klopfte der alten Dienerin auf die Schulter, die ihrer Herrin einen schielenden Blick zuwarf, der unendlich komisch war, und nach dem Weißbrotkorb in der Absicht langte, ihn wie jedes Mal nach vollendetem Frühstück zu verschließen.

»Sieh dich vor, Hasso«, rief Rosine lachend ihrem Neffen zu, »sieh dich vor, dass du dich bei den Mahlzeiten satt isst, kein Gott entringt ihr in den Zwischenzeiten den Speisekammerschlüssel.« Und zu Herrn Fröhlich gewendet setzte sie hinzu: »Semmel schadet ja wohl der Stimme nicht? Wenn ich nicht irre, haben wir hier alle Anlage« – sie zeigte auf Hasso – »eine gute Stimme zu bekommen und das könnte schlimmstenfalls viel gutmachen.«

Herr Fröhlich war einst ein nicht unberühmter Sänger an einer königlichen Hofbühne gewesen. Aus jenen Tagen war ihm zwar nur eine schwache Stimme, aber warme Begeisterung für die ehemalige Kunst und, was äußerliche Verhältnisse betraf, einige Trümmer eines ehemaligen so leicht erworbenen Vermögens geblieben, das er durch Unterricht geben für seine Enkelin zu vergrößern strebte.

Er beantwortete der Tante Frage mit einem lächelnden »dass ich nicht wüsste«, setzte aber dann singend hinzu: »Sie denken also daran, die Kinder im Hause zu behalten? Was sagten Sie doch gestern noch von Pension und dergleichen?«

»Jawohl, das war mein Vorsatz«, entgegnete die Dame, »aber haben Sie nicht gestern Abend noch singen hören?«

Der Sänger nickte.

»Na«, sagte Frau von Fuchs, als wäre damit alles erledigt, »die Kleinen hätte ich so nicht fortgegeben, die werden ein netter Zeitvertreib sein, die lächerlichen hübschen Dinger mit ihrer komischen Ähnlichkeit. Mit Ursula wird sich nicht Staat machen lassen und mit dem Jungen auch erst, wenn seine ungestalteten Gliedmaßen mehr Façon bekommen haben, aber hübsche Stimmen haben alle beide. Sie können nur gleich anfangen mit Unterricht geben, Herr Fröhlich! Die Kleinen lassen wir dann zuhören und Kinderlieder singen, das übt das Gehör. Oh, denken Sie, wenn ich so künftig meine Kapelle im Hause habe!«

Die kleinen Augen der Dame funkelten vor Musikenthusiasmus.

»Bis dahin möchte eine geraume Zeit vergehen«, meinte Herr Fröhlich.

»Nicht zu lange, das bitte ich mir aus«, unterbrach sie ihn heftig, »ich bin jetzt sechsundfünfzig Jahre alt. ›Das ist kein Alter‹, werden Sie sagen, aber passen Sie auf, ich sterbe früh. Mein Vater ist in seinen besten Jahren, mein Bruder ist gar jung gestorben an demselben Herzübel, das mich mal wie ein Hauch wegblasen wird. Wenn ich im Grabe liege, wird mir keiner mehr vorsingen und vorspielen, und die hübschen Augen und leichten Herzen, die sich dann in meinem Eigentum *bene* tun – ha, ich könnte hassen deshalb, was kümmern mich die!«

Die kleinen Mädchen saßen während dieses Zwiegesprächs immer noch auf dem Fenstertritt und Hasso, der sich zu ihnen gesellt, mitten unter ihnen, die Fröhlichkeit der Kinder nur erhöhend, denn er war sehr geliebt von seinen Schwestern. Er hatte selbst noch ein offenes Kinderherz und nichts an sich von jener Großtuerei und Überhebung, mit der seine Altersgenossen sich oft zum Herrscher der jüngeren Schwestern aufwerfen und deren Gespielinnen durch impertinente Arroganz einzuschüchtern versuchen. Rose Fröhlichs kleines Herz schlug schon zutrauensvoll dem guten Hasso entgegen, wie man an der Stellung des Kindes sehen konnte, das, mit beiden Händchen auf sein Knie gestützt, vor ihm stand und mit den weit aufgerissenen Augen ihm die Worte von den Lippen zu saugen schien.

Herr Fröhlich wurde nun aufgefordert, die Stimme der beiden ältesten Kinder zu prüfen. Er setzte sich ans Piano, er ließ sie Skala singen, er nickte und rieb sich die Hände, als er damit fertig war.

»Nun?«, fragte Tante Rosine ungeduldig.

»Es kann werden, es kann werden«, sagte der Sänger, »aber erstens ist der junge Herr im Stimmwechsel begriffen und noch zu jung zu wirklichem regelrechtem Unterricht, und zweitens darf des Fräuleins Stimme auch noch nicht sehr angestrengt werden. Alles mit Maß, gnädige Frau.«

Rosine wandte sich ungeduldig ab.

»Hol' Sie der …!«, sagte sie zornig und kehrte ihm den Rücken. »Ihr dummen Kinder, konntet ihr das nicht abmachen, ehe ihr zu mir kamt?«, sagte sie zu den beiden Geschwistern, die, viel zu harmlos, um den Vorwurf für Ernst zu nehmen, ihn mit einem fröhlichen Lachen beantworteten. »Na, Gott sei Dank, ihr seid nicht nervenschwach!«, sagte sie. »Man kann euch anschreien, ohne dass ihr heult, gleichviel ob man euch Unrecht tut oder nicht. Im Grunde könnt ihr freilich nichts dafür, dass ihr gerade in dem dummen Alter seid und mir meine Freude verderbt. Sage, Hasso«, wandte sie sich plötzlich zu diesem, »auf die Universität kannst du wohl noch nicht?«

»In vier Jahren hoffe ich so weit zu sein, Tante.«

»In vier Jahren, wenn du die Stimme fest hast, nicht wahr? Dann gerade nicht!«, höhnte Rosine. »Das hätte mir gefehlt! Das Kneipenleben und Biertrinken, ich werde wohl zugeben, dass du dir die Stimme so verdirbst! Auf die Universität kommst du nur während des Stimmwechsels, sonst gar nicht.«

Hassos ganzes Gesicht lachte und sie, die es liebte, dass man ihre Art und Weise mit gutem Humor aufnahm, fing an, mit größerem Wohlgefallen auf den Knaben zu blicken und ihr Misstrauen einigermaßen zu vergessen.

»Soll ich denn Sänger werden?«, fragte er halb im Scherz, halb betroffen.

»Sänger in meiner Hauskapelle, sonst nicht, und danach muss sich das Übrige richten.«

Diesem bizarren Wesen war nun die Erziehung der Kinder übergeben. Zwischen zwei einander schroff gegenüberstehenden Klippen, der Tante und Dore, hatten sie ihr Schifflein hindurchzuführen, zwischen Engel und Affe gleichsam ihr Menschentum zu finden und zu behaupten, denn wie am ersten Abend, wurde das eine immer zum Stichwort für das andere; wenn die Tante Engel sagte, konnte man sicher sein, dass bei Dore der Affe folgte, und umgekehrt.

Die Sorge für ihre Erziehung ruhte auf Ursulas jungen Schultern. Sie fuhr fort sie zu unterrichten. Sie hatte, so weit es für ihr Alter passte, eine gediegene Bildung, und der ihrer Richtung natürliche Eifer, sich fortzubilden, wurde durch den Gedanken an die Anwendung der zu erwerbenden Kenntnisse nur erhöht.

Der Tante war das alles ein Rätsel, auch begriff sie Ursulas Geduld nicht, die nicht müde wurde, dem mangelnden Verständnis der Kleinen zu Hilfe zu kommen, ihr Nachdenken zu wecken und die wenig lebhaften Geister anzuregen.

Wenn die Tante einmal dazu kam, riss sie sich gewiss in den nächsten zehn Minuten die Haube vom Kopf oder stürzte mit einem polternden »Gott, was sind die Affen dumm!« zum Zimmer hinaus. Sie verwünschte die Unterrichtsstunden. Sie war immer dafür, den Kleinen Ferien zu geben, aber mit Ursula war in der Beziehung nichts anzufangen, der ruhige, freundliche, aber feste Widerstand derselben in diesem Punkt nicht zu erschüttern. Sie hatte Vernunft und Recht für sich, das eben ärgerte die Tante, die auf Ursulas Phlegma schalt und die Kinder, wenn sie ihrer habhaft werden konnte, nur umso mehr verzog und verwöhnte.

Der alte Sänger, der oben im Hause gewohnt, eine gerade so harmonische Natur als seine Kunst es war, starb. Nicht nur die Enkelin trauerte tief, auch Hasso und Ursula beklagten den Verlust des Lehrers und Freundes, die weichherzigen Zwillinge weinten strömende Tränen. Rosine schnitt kuriose Gesichter und nahm es ihm halb und halb übel, dass er gestorben und der Unterricht dadurch unterbrochen war. Wer sollte nun ferner die Sonntagskonzerte leiten?

Es war alles so schön im Gange. Ursulas Stimme in vollem Flor, Hasso über die schlimmste Zeit der Schonung hinaus. Elly und Liddy freilich waren noch nicht mitzuzählen und auch Rose nicht, was den

Gesang betraf, aber sie spielte für ihre Jahre ausgezeichnet und so war für Abwechselung im häuslichen Konzert gesorgt.

Nun sollte sie fort. Der Großvater hatte es so bestimmt. Den Willen der Toten muss man ehren. Wenigstens empfand das heranwachsende Mädchen es so, was auch ihre Neigung gegen des Großvaters Beschlüsse einzuwenden haben mochte. Sie hatte des Großvaters musikalisches Talent geerbt und sollte zu einer Tante in der Residenz, um nach deren Entscheidung und Rosens Befähigung zur Konzert- oder Opernsängerin oder dramatischen Künstlerin ausgebildet zu werden. Madame Durando hielt eine Kunstschule, aus der schon manches vorzügliche Mitglied der Bühne hervorgegangen war.

Tante Rosine hatte immer gegen die Bühne geeifert, jetzt vollends wollte sie nichts davon wissen.

»Du wirst nicht auf die Bühne gehen, du hast nicht die Allüren einer Theaterprinzessin«, sagte sie ihr zum Abschied. »Konzertsängerin meinetwegen, und dein erstes Konzert gibst du bei mir, die Hand darauf.«

Rosens schöne Augen leuchteten hell auf, als sie einschlug. Frau von Fuchs, Hasso, die drei Schwestern, hatten sie auf die Post begleitet. Sie musste allein reisen, ganz allein, die arme Waise. Frau von Fuchs empfahl sie dem Kondukteur. Sie band sie ihm auf die Seele und unterstützte ihre Empfehlung mit einem gewichtigen, bei dergleichen Gelegenheiten meist sehr wirksamen Händedruck.

»Gott geleite dich, mein Kind«, sagte sie dann freundlich, »schade, dass man dein hübsches Gesicht nun nicht mehr sehen soll.«

Der Postillion blies zum dritten Mal, zum letzten Mal fühlte Rose sich von den Armen ihrer Gespielinnen umschlungen und Hasso flüsterte ihr zu: »Ich sehe dich bald wieder, Rose, ich studiere jedenfalls ein Jahr in B.«

Hasso hatte sein Abiturientenexamen bestanden. Er hatte seinen Weg durch die Schule in ruhiger sicherer Weise gemacht und schien alle Anlage zu haben, seinen Weg durch das Leben in derselben Art zurückzulegen. Er war mit seinen Wünschen und Absichten völlig im Reinen und legte dem Vormund, der zu diesem Zeitpunkt nach L. gekommen war, mit seinem Mündel und Neffen, wohl auch mit der gestrengen Pflegerin desselben Rücksprache über dessen ferneren Lebensweg zu halten, statt unreifer Projekte gleich einen festen Plan vor, der von der Energie seines Willens, von dem ernsten Vorsatz zeugte, sich das Leben, so weit es in menschlicher Macht lag, nach selbstständiger Auffassung zu gestalten.

»Auf die Universität gehe ich jedenfalls, wenn es deine Billigung hat«, erklärte er dem Vormund. »Die Tante ist dagegen. Es ist eine Grille von ihr. Wäre es ein begründeter Wille, würde ich mich fügen müssen.«

»Was nennst du einen begründeten Willen?«, fragte der Major.

»Nun, wenn zum Beispiel die Tante arm wäre und meiner Hände Arbeit brauchte, oder allein und verlassen, aber«, setzte er mit halbem Lächeln hinzu, »ich soll ihr nur vorsingen, weiter nichts.«

Der Major lachte hell auf.

»Die verschrobene alte Person«, brummte er in den Bart, setzte aber dann mit einer Art von Ingrimm hinzu: »Sie wird dir die Mittel zum Studieren nicht geben und ich kann dir darin nicht helfen, armer Junge. Ich habe nur meine Pension und zwei Kinder, und der Clemens, der Schlingel, verbraucht mehr für Glacéhandschuhe, als ich zum Leben. Ich wollte, ich könnte euch austauschen. Er wäre gerade gut dazu, um die reiche Tante herumzuscherwenzeln, und spielen – nun, das ist auch das Beste, was er kann. Selbst mich betölpelt er manchmal damit, obgleich ich alle seine Schliche kenne. Seine Mutter war eine Fuchs, und die sind alle musikalisch oder doch Musikenthusiasten, wie meine wertgeschätzte Cousine hier auch. Junge, wenn du der Clemens wärst, an einem Singeabend schmeicheltest du ihr die Mittel zum Studieren ab. Du tust es aber nicht, nicht wahr?«

»Lieber nicht«, sagte Hasso munter, »ich bin selber noch zu reich, ich habe ja die tausend Taler mütterliches Erbteil, wenn du mit der Verwendung einverstanden bist. Ich lerne bei dem Oberamtmann Bütow in Lichtenfels die Wirtschaft. Ich habe es mit dem prächtigen alten Herrn schon besprochen.«

»Mein Junge, du wirst aber mit nichts anfangen müssen, wenn deine tausend Taler fort sind«, wendete der Major ein. »Die Tante kann sehr alt werden und es kann lange dauern, ehe du Gülzenow erhältst.«

»Onkel, die Tante und Gülzenow wollen wir gar nicht in die Berechnung mit aufnehmen«, unterbrach ihn Hasso, »rechnen will ich auf nichts als den lieben Gott und mich selbst, alles Übrige kann mich im Stich lassen.«

»Wenn er anfängt, hat er meine tausend Taler«, mischte sich Ursula, die bis jetzt schweigend zugehört, mit schüchternem Ton in das Gespräch. »Von mir nimmt er sie, das weiß ich.«

»Ja, von dir und dich dazu«, bekräftigte Hasso.

»Die tausend Taler sind deine Ausstattung, Kind, die rücke ich nicht heraus«, versicherte der Major.

»Bis Hasso sie braucht, bin ich mündig«, erklärte Ursula.

Der Major lachte.

»Das sind Kinderfantasien«, meinte er.

»Ich bin neunzehn Jahr alt, auch bin ich immer viel älter gewesen, als meine Jahre, das machte der frühe Tod der Mutter und die kleinen Geschwister«, sagte sie einfach.

Der Major sah sie überrascht an. Er hatte sie wenig beachtet bis jetzt. Sie forderte weder durch ihr Äußeres, noch durch ihr Wesen zur Beachtung auf, unschön und still und zurückhaltend, wie sie im Ganzen war. Die wenigen anspruchslosen Worte, die sie eben gesagt, warfen auf einmal Licht auf ihr Leben und Wirken und steckten es als selbstverständlich hin, dass sie nur da war der Geschwister wegen, dass, als die Mutter abgerufen wurde, sie, so gut sie es vermochte, die tiefe Lücke, die der Tod derselben riss, nach Kräften auszufüllen suchte.

»Hm, hm«, brummte der Major. »Heiraten willst du also nicht?«

Ursula lachte.

»Wer hat das gesagt? Aber es wird wohl von selbst so kommen«, sagte sie.

Wieder sah sie der alte Herr wohlwollend an. Ihre Natürlichkeit gefiel ihm, und dass sie nicht wie so manches Mädchen aus der Not eine Tugend machte und das mit gleichgültiger Herabsetzung zurückwies, was noch mit keiner Versuchung an sie herangetreten war.

»Nun, in die Zukunft kann niemand schauen«, sagte er.

»Nein«, entgegnete sie, »es lohnt auch nicht sie sich auszumalen, es kommt meist anders, aber wenn ich es manchmal tue« – sie hielt einen Augenblick inne, dann setzte sie mit großer Herzlichkeit hinzu: »– so fehlt keines der Geschwister aus dem Bilde.«

Dies Gespräch fand statt, als nach dem ersten Mittagbrot, das der Major im Hause der Tante eingenommen, diese ihr Mittagsschläfchen hielt. Jetzt hatte sie es beendet, der Kaffee wurde serviert, auf welchen gemütlichen häuslichen Akt sie sehr hielt, dann machte Ursula den gewohnten Nachmittagsspaziergang mit den jüngeren Schwestern, Hasso begleitete sie, und der Major und die alte Dame blieben allein. Der Major lenkte augenblicklich das Gespräch auf den Gegenstand, der ihn nach L. geführt, und befürwortete Hassos Wünsche bei der Tante.

»Ich halte es wohl für einen großen Unsinn, dass er Landwirt werden will«, sagte sie, »es ist wenig dabei zu holen, aber des Menschen Wille ist sein Himmelreich, und wenn er wie ein Lasttier arbeiten will, um sein halbes Leben Inspektor zu sein, meinetwegen. Mir ist's recht, wenn er nach Lichtenfeld geht, das ist eine Stunde von hier, und da kann ich das Einzige, was ich von ihm will, haben, seinen Gesang.«

»Ist das wirklich das Einzige, Cousinchen?«, fragte der Major. »Ich dächte, du könntest mehr, viel mehr haben. Wenn er ein tüchtiger Landwirt ist, machst du ihn zum Verwalter in Gülzenow –«

»Hoho!«, rief die Tante aus, und die Stirnader schwoll ihr schon etwas an. »Hoho, Herr Vetter! Das nenne ich mit der Tür ins Haus fallen. Also darauf läuft's hinaus! Ich habe mir immer so etwas Ähnliches bei der Passion gedacht. Der Hasso und seine Busenfreundin, die Ursula, das sind so stille Wasser, und stille Wasser sind tief.«

»Jawohl, die beiden Kinder sind auch tief«, eiferte sich der Major.

»Voll tiefer Pläne«, schaltete die Tante ein, »voll verräterischer Pläne!«

»Das wäre noch kein tiefer, noch weniger ein verräterischer Plan, wenn Hasso mit dem Gedanken an Gülzenow seinen Beruf gewählt hätte!«, fuhr der Major, noch seine aufwallende Heftigkeit bekämpfend, fort. »Und was wäre natürlicher für dich, verehrte Cousine, als dass du, nachdem er die nötige Reife erlangt hat, den Nutzen zögest, der für dich daraus erwachsen würde, dass du ihm die Verwaltung Gülzenows übertrügest.«

»Wundervoll! Ich danke für den Verwalter«, sagte Rosine unwillig. »Der jetzige, der Jahre der Erfahrung für sich hat, bringt in der Sandbüchse nichts zuwege und die Einkünfte decken kaum Zinsen und Wirtschaftskosten.«

»Liebe Cousine, warum entlastest du das Gut nicht, warum zahlst du nicht Kapital ab und machst es frei? Vor allen Dingen, warum vertraust du es nicht andern Händen an?«

»Das alte Lied!«, warf Rosine dazwischen.

»Der arme Junge würde es späterhin ein Gutteil leichter haben und die Mädchen hätten immer noch genug«, sagte der Major, mit seinem ehrlichen Ungeschick nur das Wohl seiner Mündel im Auge und das Misstrauen der Tante für eine Grille haltend, die man am besten ignoriere.

Auf Rosinens Stirn bildeten sich rote Flecken, das Herz schlug ihr heftig.

»Was habe ich mich doch dieses verdammten Eulennestes wegen schon ärgern müssen!«, brach sie los. »Habe ich's denn etwa aus Eigennutz übernommen? Ich tat es doch nur dem Vater zuliebe, um es vor Subhastation zu bewahren. Ich zahlte von meinem mir durch die Tante zugefallenen Erbteil die rückständigen Zinsen und die fällige Hypothek und übernahm es mit allen Schulden, nur um den alten Familienbesitz, an dem mein Vater hing und gewissermaßen ich auch, nicht in fremde Hände übergehen zu lassen. Was sollte ich anders tun?«

»Es konnte anders eingerichtet werden«, versicherte der Major. »Wenn du das Gut nicht kauftest, sondern deines Vaters Gläubiger wurdest, so hatten die Kinder gleiches Anrecht wie du, Hasso als männlicher Erbe vielleicht moralisch ein größeres. Ihr wart gemeinschaftliche Besitzer, du hattest nicht allein über die Verwaltung zu entscheiden, die Kinder oder vielmehr deren Vormund sprach mit –«

»Das wollte ich gerade nicht. Entweder, oder!«, erklärte die Tante. »Das hätte mir gefehlt, mich all den Quengeleien und Bevormundungen auszusetzen, die ein solches Verhältnis herbeigeführt haben würde.«

Der Major, ohne sich an den Einwand zu kehren, fuhr fort:

»Dein Kapital stand sicher, das Gut ist schön, seine Einkünfte tragen mehr als die Zinsen der darauf stehenden Schulden und die Wirtschaftskosten. Dein Verwalter ist meiner Meinung nach ein Schuft, aber du bist seine Herrin und ich kann mich nicht einmischen. Ich kenne den Kerl. Er hatte nichts an und auf dem Leib, als er hinkam, und soll sich jetzt Grundbesitz in Polen gekauft haben.«

»Das ist mir gerade lieb, ich will, dass meine Leute sich gut stehen«, fertigte Rosine den Major ab.

»Auf Kosten deiner Bruderskinder, die ein törichter, im Verzagen gefasster Entschluss, den der Verstorbene bereut haben soll, ihres Erbes beraubte«, entgegnete Brücken indigniert.

»Wo steht das geschrieben?«, fuhr sie auf.

»Hier«, sagte er und schlug sich aufs Herz. »Alles das, was ich dir heut und vorher schon hundertmal auseinandergesetzt habe, natürlich vergebens, weil du ein Weib bist und diejenigen am meisten auf ihr Herrscherrecht trotzen, die am wenigsten Fähigkeit haben, es vernünftig auszuüben –«

»Leo, du bist ein Grobian«, rief sie dazwischen.

Er fuhr ruhig fort, da anknüpfend, wo er stehen geblieben war: »– es vernünftig auszuüben, das alles sagte ich deinem Vater, als ich ihn das letzte Mal vor seinem Tode sah, und er versprach mir, mit dir darüber zu sprechen –«

»Er hat es nicht getan«, unterbrach ihn Rosine.

»Schriftlich vielleicht«, fuhr der Major fort.

»Ich habe seine Papiere durchgesehen und nichts gefunden«, erklärte sie.

»Aber andere willst du nicht suchen lassen? Vier Augen sehen besser als zwei«, sagte der Major.

»Nein!«, fuhr sie heftig auf. »Ich lasse mir kein Misstrauenszeugnis ausstellen.«

Der Major zuckte die Achseln.

»Sage was du willst«, fuhr sie fort, »all deine Annahmen von besserer Bewirtschaftung, von höherem Ertrag, von der Unredlichkeit des Verwalters, dem ich vertraue, weil ich ihn kenne, das alles sind nur Hypothesen. Es ist dir nur ärgerlich, dass ich das Gut habe, weil ich eine Frau bin und ihr Männer es einmal nicht gelten lassen wollt, dass eine solche auch das Regiment führen oder gar als Haupt einer angesehenen Familie repräsentieren könne. ›Frau von Fuchs auf Gülzenow‹, das missfällt dir, mir aber gefällt's gerade und ich will's bleiben, nicht einen Acker, nicht eine Wiese, nicht einen Stein trete ich von dem Schloss und Gebiet Gülzenow ab.«

»Gut, aber ins Grab kannst du Gülzenow doch nicht mitnehmen, und deines Bruders Kinder sind deine natürlichen Erben.«

36

»Natürliche Erben sind natürliche Feinde!«, schrie die Dame, ihre Stimme zu den höchsten Tönen erhebend, und die Haube hatte schon wieder eine bedenklich schiefe Richtung. »Ich will nicht, dass auf meinen Tod gelauert wird. Er wird früh genug kommen, auch ohne dass die auf mein Eigentum gierig gerichteten Augen ihn herbeiwünschen.«

»Weiß Gott, das tut keiner«, versicherte der Major begütigend. »Ich betrachte nur den Tod als etwas sehr Natürliches und irdisches Eigentum als etwas sehr Unwesentliches nach dem Tode, deshalb scheute ich mich nicht, das Thema zu berühren, da es entscheidend für meiner Mündel Zukunft ist und bei Beratung derselben nicht außer Acht gelassen werden darf.«

»So abstrahiere bei den Zukunftsplänen ganz von der Erbschaft«, erklärte die Dame, »ich verpflichte mich zu nichts. Ich habe die Waisen aufgenommen und erzogen, weil ich Platz im Hause hatte und einer doch für sie sorgen musste außer dem Vormund, dessen Wirkungskreis durch seinen Namen deutlich genug bezeichnet wird. Es muss außer dem Vormund«, setzte sie spöttisch hinzu, »immer noch einer sein, der für den Mund, das heißt der dafür sorgt, dass etwas in den offenen Schnabel der Verwaisten hineinkommt. Dieser *Fürmund*, mein Herr *Vormund* und Vetter, bin ich gewesen. Es war viel Plage dabei, und ich habe wohl ein Recht, die einzige Freude, die ich davon habe, auch ein wenig bei den Zukunftsplänen in Betracht gezogen zu sehen. Das Leben ist ein jämmerliches Ding, Vetter, und Vergänglichkeit die Frucht desselben, eine vergiftete, todbringende Frucht. Die Schönheit verwelkt und die Freude daran ist eine kurze. Ein Tor, wer die Zeit nicht nützt. Schönheit erfreut das Auge, Musik das Herz. Ich will von beiden so viel haben, wie ich immer kann. Was hätte ich von Ursula und Hasso, wenn sie nicht sängen! Sie sind sonst beide nicht nach meinem Geschmack, ich verstehe die stillen Wasser nicht, ich will Bewegung. Aber sie singen, und wenn sie singen, sind sie andere Menschen, die ich verstehe und die ich nicht missen möchte. Wenn ich Musik höre, sind alle Menschen gut. Im Augenblick, wo einer singt oder spielt, wird er nicht daran denken, dass ich sterben werde und er mich beerben kann. – Ich will, wenn's nicht anders ist, meinetwegen die Musik, die sie mir vormachen, bezahlen, so hoch wie sie wollen, ich bin nicht geizig, und aus Geiz hänge ich nicht an meinem Eigentum, nur weil's mein ist und keiner darein zu reden hat. Also Geld, so viel sie wollen, auch die Erlaubnis für Hasso, in Lichtenfels die Wirtschaft zu lernen, aber auf die Universität lasse ich ihn nicht.«

»Pardon, darüber habe ich zu entscheiden«, schaltete der Major ein.

Die Dame überschrie ihn: »Soll er sich durch Kneipen und Biertrinken die Stimme verderben? Was braucht er zu studieren, wenn er Landwirt werden soll?«

»Damit ihm allezeit der Weg zum Staatsdienst offen steht, wenn's mit der Landwirtschaft nicht geht«, fiel der Major ein. »Man kann ihn nicht wie einen reichen jungen Mann mit Berücksichtigung von Talenten und Liebhabereien erziehen, sondern wie einen, dem man die Bahn des Erwerbs nach jeder Richtung hin öffnen muss.«

»Dann werde ich ihm Gülzenow verschreiben und er bleibt«, erklärte Rosine.

»Gülzenow mit all den Schulden, nachdem alle die Jahre hindurch versäumt sind, in denen sie hätten zum Teil wenigstens getilgt werden? Wie sollte er das Gut wohl annehmen ohne einen Groschen Kapital! Wenn du das Gut vermachst, musst du auch die Mittel dazugeben, es zu erhalten, sonst ist er von Hause aus bankrott auf demselben.«

Rosine sah den Redenden starr an.

»Seht doch einer den Schlaukopf!«, sagte sie, und die roten Flecken auf der Stirn traten wieder dunkler hervor. »Jetzt verstehe ich die Prozedur. Läuft's darauf hinaus? Erst das Gut, dann das Kapital! Herr Vetter, wir haben uns verraten, so teuer werde ich mir aber den Gesang nicht kaufen. Nein, das geschieht nicht, nun gerade nicht. Schicke Hasso zum Teufel auf die Universität, wenn du willst. Meinetwegen!«

»Ich habe mit dem Herrn keine Bekanntschaft, dann müsstest du die Vermittlung übernehmen«, gab der Major die Unhöflichkeit zurück.

»Je früher er fortkommt, umso besser!«, rief die zornige Dame. »Da hätte ich ja lieber mit offenen Wegelagerern zu tun!«

»Höre, Cousine«, rief nun auch der Major mit erhobener Stimme, »wahre deine Zunge. Rede über mich was du willst, mir wird's nichts schaden. Ein Königlich Preußischer Offizier ist allemal selbstverständlich ein Ehrenmann, aber der Junge hat noch kein Renommée, dem konntest du es wegdisputieren. Mein Wort, das Wort eines preußischen Offiziers, verstehe mich wohl, mein Wort darauf, dass er an deinen ganzen Plunder von Reichtum mit keiner Silbe denkt.«

»Und er hat doch an dem Abend, als er ankam, dem Kutscher, der ihn herbrachte, versprochen, ihn einst auf Gülzenow in Dienst zu nehmen«, unterbrach ihn die Dame, »mein Diener hat's gehört –«

»Und rapportiert«, fiel ihr nun seinerseits der Major ins Wort. »Schöpfest du aus solchem Quell deine Menschenkenntnis, so mache ich dir mein Kompliment. Da ist die Sache keines Wortes mehr wert. Mit Bedientenklatsch habe ich mich mein Lebtag nicht befasst. Gott befohlen, Cousine.«

Die Grobheit schlug durch. Sie war wie ein Schuss ins Schwarze. Auch ohne dass es einer ausrief, hallte das »Getroffen« wider.

»Pfui, Leo!«, sagte Rosine. Der Ton klang ganz anders als vorher, betroffen blickte der Major auf. Das Wetter war vorüber, eine Kindheitserinnerung hatte es zerstreut. »Alter Brummbär, wirst du fortlaufen wie in Gülzenow, wenn wir uns zankten?«, sagte sie.

Es liegt fast immer etwas in den Erinnerungen an die Kindheit, was den Augenblick hell überstrahlt, selbst ein damals ausgefochtener Streit übt die Wirkung. Ist er doch mit all seinem Zorne, seiner Bitterkeit vorübergegangen und mochte man ihm doch alles nachwerfen können, was dem Augenblick Unfrieden, Bitterkeit bringt.

Der gutmütige alte Major erfasste ihre beiden Hände.

»Was du für eine Hexe sein kannst, und warst doch solch grundgutes Mädchen. Rosine!«

»Ja das war vorher, ehe ich ihn kennenlernte, ehe er mich lehrte, dass nicht eine ehrliche Seele und ein aufrichtiges Streben nach dem Guten, ein warmes Herz und ein nicht gerade umnebelter Kopf, dass dies alles nicht, aber dass das Geld ein hässliches Gesicht zuzudecken vermag«, sagte Rosine mit bitterem Schmerz. »Wenn er mich so belügen konnte, so Komödie zu spielen vermochte, er, der doch eins mit mir zu sein gelobte, wenn er mich verriet, warum soll ich andern glauben! Ich weiß es nie, bin ich es oder ist's mein Geld, das mir Geltung verschafft.«

»Den Kindern gegenüber auch?«, fragte der Major vorwurfsvoll.

»Die Kinder werden große Leute und einer lernt vom andern unehrlich und habgierig sein. Ja, schüttle nur mit dem Kopf. Es ist doch so, und an dem ganzen Schwindel von Liebe und Glück, Vertrauen und Hoffnung wenig gelegen. Als Kind ist man glücklich, ist man gut, im

Alter – Gott im Himmel, was wird man oft mit dem Alter! Man zankt sich so ins Leben ein und wird immer schroffer und härter –«

»Wenn man sich gehen lässt«, unterbrach er sie.

»Ja, einer ist von Stroh und der andere ebenso, es ist alles dasselbe. Wie ich jung war, hatte ich schwärmerische Gedanken von Menschenwert und Vervollkommnung, die hat mir mein Herr Gemahl ausgetrieben, als er sich nicht für mein Herz, sondern für mein Geld hingab. Nun arbeite ich weiter nicht an mir, sondern bin so wie ich bin: böse, wenn ich mich ärgere, gut, wenn's so passt, vergnügt, wenn ich Anlass dazu habe, und so weiter. So wird man, wenn man solche Erfahrungen gemacht hat wie ich.«

Der Major schüttelte noch heftiger den Kopf, er schien das sichtlich nicht nötig zu finden.

»Man hat doch sehr wenig, wenn man nur Geld hat, Leo«, fuhr sie fort. »Hätte ich keins, würde ich wissen, wer mich um meinetwillen liebt.«

»Rosine, glauben ist viel besser als wissen«, sagte er und reichte ihr die Hand, in die sie kräftig einschlug.

Der Friede war wiederhergestellt, der Abend verfloss unter Musik und Gesprächen über die Kinderzeit; aber in der Nacht hatte Rosine einen heftigen Anfall von Herzkrampf, ein altes Übel, das häufiger und heftiger jedes Mal wiederkehrte und sie stets für längere Zeit mit Todesgedanken erfüllte und übellaunig machte. Es durfte dann niemand bei ihr sein als Dore, ja, es sollte es niemand wissen, und wehe, wer eine Anspielung darauf machte und ihrem Unwohlsein einen andern Namen gab als den einer Migräne!

Der Major kehrte in die Residenz zurück. Der Herbst kam und Hasso ging zum ersten Semester nach Jena ab. Sein kleines Kapital blieb unangegriffen. Die Tante litt es nicht, dass es berührt wurde, und er musste seinen Stolz, seinen Hang zur Selbstständigkeit ihrem gerechten Anspruch an Dankbarkeit opfern. Sie setzte ihm eine Summe in Betrag seines Kapitals aus; sie würde sie verdoppelt haben, hätte er sich nicht dagegen gewehrt.

Der Abwesende ist in den Augen launenhafter Menschen immer der Liebenswürdigste. Wie seufzte Tante Rosine nach Hasso! Alles

Misstrauen war für den Augenblick vergessen und gesellige Eigenschaften wurden mit ihm vermisst, die er nie besessen hatte.

Ursula entbehrte mehr. Ihr Herz vermisste ihn, nicht ihre Fantasie; die vielen einsamen Stunden, welche sich ihr nahten, verlebte sie zum Teil mit Dore, zum Teil in Gesellschaft ihrer Bücher, die ihre reiche innere Welt täglich mit neuen Schätzen des Wissens füllten und die ihr täglich treuere und liebere Freunde wurden. Zuletzt trat auch der Briefwechsel helfend ein und eröffnete dem ernsten Mädchen eine neue Quelle tief inneren Genusses. Wie schnell vergehen drei Jahre, wie viel erlebt man in ihnen und wie wenig ist davon zu erzählen! Man schaut in solch Jugendleben hinein wie in eine Laterna magica. Ein Bild nach dem andern zieht vorüber. Alles ringsum ist dunkel, nur der Punkt, aus dem die Gestalten erscheinen, hell. Sie kommen und gehen in rascher Folge, abgerissene Bilder und doch im inneren Zusammenhang zueinander stehend.

Als Hasso zurückkam, begann eine glückliche Lebensperiode für Tante Rosine. Alle ihre Träume schienen sich zu erfüllen. Er hatte ein Jahr in der Residenz studiert und bei dem ersten Lehrer Unterricht genommen. Seine Stimme war weniger kraftvoll geworden, als sie zu werden versprochen, aber eine gute Schule und sein gereifter Geschmack verdeckte den Mangel. Auch den Zwillingen durfte nun mehr zugemutet werden, und nicht nur ihr kleines Talent, nein, auch sie selbst entfalteten sich in reizender Weise.

Tante Rosine führte sie in die Welt ein. Die Welt, dies Meer voll Klippen, war ihnen nur ein Spiegel des eignen reinen Empfindens, und während eine sich der Triumphe der andern freute, vergaß es jede, die eignen zu bemerken. Sie waren so hübsch damals, dass jedes Auge mit Vergnügen auf ihnen weilen musste, und doch war ihre Unschuld ihre hauptsächlichste Schönheit. Ihr Lächeln strahlte Herzensgüte wider, ihr Blick kindliches Zutrauen, auf ihrer Stirn thronte die Freude an der Jugend, am Leben, an der Welt und dem Schöpfer, ja, und dass die Natur sich in einer so reizenden Schöpfung wiederholt, erhöhte den Zauber dieser lieblichen Erscheinungen.

Tante Rosine war in ihrem Element. Sie schaffte sich ein rosinfarbiges Samtkleid und eine Haube mit Marabus an und begleitete ihre jungen und schönen Nichten auf Bälle und in Gesellschaften. Sie verwandte keinen Blick von den Tanzenden, sonnte sich in der Heiterkeit der jungen Mädchen und fuhr jeden an, der anders als in den Tanzpausen sie anzureden wagte. Jetzt war die Lieblingschaft der Zwillinge entschieden. Die Tante vergötterte, die Welt verzog sie, sie blieben wie sie waren. Es schien nirgends in ihrem Gemüt der dunkle Punkt, dessen sich böse Dämonen bemächtigen.

Vielleicht war Rosine noch nie in ihrem Leben so glücklich gewesen als jetzt. Die Nichten hübsch und gefeiert, die Bedeutung ihrer eignen Person erhöht, Gülzenow im Augenblick in den Hintergrund getreten, die Woche ein Strom von Vergnügungen, am Sonntag die Familienkonzerte im vollen Gange, von denen jedes fremde, jedes störende Element abgeschlossen war, ja während deren die Tante am liebsten die Straße gesperrt hätte, damit nur kein Wagengeräusch die Harmonie der Musik unterbreche.

Ein heitrer Geist schwebte über dem Hause, nirgends eine Veranlassung zu Herzkrampf, und selbst der Umstand, dass dieser ein paarmal ohne Veranlassung kam, brachte nur vorübergehende Todesgedanken. Es war zu diesen wie zu der dazu gehörigen üblen Laune nirgends rechte Zeit.

So stand es, als Clemens von Brücken aus jenem Ball zum ersten Mal in den Gesichtskreis der Tante trat, zum ersten Mal an dem Lebenshorizont der beiden jungen Mädchen erschien, ob als Nebelstreifen, als Stern, als Sturmeswolke, lag noch im Schoß der Zukunft verborgen. Der Ball hatte an einem Dienstag stattgefunden. Die Woche verging, Clemens ließ sich nicht bei der Tante sehen.

»Das ist doch fast eine zu große Gleichgültigkeit gegen Verwandte«, brummte diese. »Gott im Himmel, wenn ein Neffe in mein Haus kommt, werde ich doch nicht gleich glauben, dass er mein Geld will, und nun gar ein Sohn Brückens. Hm, für den Hasso plünderte er mich gern, aber doch nicht für sich und seine Pflanzen.«

Am Sonntagmorgen, als Hasso wie gewöhnlich vom Lande hereinkam, hörte er schon aus dem Flur draußen die Stimmen der Schwestern in hellem Jubelton ineinander klingen.

»Was ist passiert, Dore?«, fragte er diese, aber sie lachte ihn nur an und zeigte auf die Tür.

Er riss diese hastig auf und Rose trat ihm entgegen. Mit ausgestreckter Hand ging sie auf ihn zu. Sie hatte aber nicht Zeit, ein Wort des

Willkommens zu sagen oder zu empfangen, Tante Rosine fuhr in höchster Aufregung dazwischen.

»Sie hält Wort, sie gibt ihr erstes Konzert hier bei uns, für mich!«, rief sie ganz entzückt. »Rose, das vergesse ich dir nicht! Und wie hübsch du geworden bist, Kind! Du wirst Liddy und Elly ausstechen – und zum Theater geht sie auch nicht, das ist brav. Das freut mich, dass du auf mich gehört hast«, so schwatzte sie bunt durcheinander.

»Rose aufs Theater gehen!«, sagte Hasso. »Als ich in Berlin war, hoffte Madame Durando immer es durchzusetzen, ich wusste wohl, dass du es nicht tun würdest, Rose.«

»Nein, nein, das konnte ich dem lieben alten Großvater nicht zu Gefallen tun, das nicht!«, versicherte sie.

»Nicht von den Toten reden!«, rief Rosine dazwischen. »Sie holen die Lebenden nach und ich bin die Älteste, will aber erst recht noch nicht sterben.«

»Wer möchte es, wer vermöchte es, wenn man so glücklich ist«, sagte Hasso, Rosens Hand noch in der seinen und das schöne Mädchen mit Entzücken betrachtend. »Du bist doch verändert, Rose«, sagte er dann gedankenvoll. »Vor drei Jahren hattest du dein Kindergesicht noch, jetzt ist etwas Fremdes hinein gekommen, was ist es?«

Eine leichte Blässe löste die frühere Farbe ihrer Wangen ab.

»Vielleicht nur Müdigkeit, Abspannung«, entgegnete sie, »ich bin in den letzten Monaten sehr angestrengt worden. Ich habe mich deshalb schon jetzt frei gemacht und denke noch für einige Zeit irgendwo aufs Land zu gehen, mich bei irgendeiner Pfarrers- oder Amtmannsfamilie einzumieten, um mich gründlich zu erholen, ehe ich mein Engagement antrete.«

»Komm nach Lichtenfeld heraus, ich spreche mit Bütows«, rief Hasso lebhaft aus. »Es sind liebe Leute und wir haben schon frische Gebirgsluft in Lichtenfeld.«

»Unsinn!«, erklärte die Tante. »Wenn sie Landluft braucht, die Luft ist frisch genug hier, und wozu habe ich Gülzenow? Ihr wolltet ja das alte Eulennest immer mal sehen, Kinder. Gut, wenn die Bälle zu Ende sind, fahren wir hinaus und du kommst mit.«

Dieser Vorschlag war ein so unerhörter Gunstbeweis, dass Dore, die im Zimmer war, vor sich hinbrummte: »Na, nu geht die Welt unter!« Bei den Beteiligten aber erregte dieser überraschende Plan großen Jubel.

Selbst Ursula fand ein paar beredte Worte, ihre Freude auszudrücken: Rosens Augen strahlten. Hasso fing den Blick auf, obgleich er wohl nicht ihm galt.

»Also nach Gülzenow, du hast es versprochen, Tante!«, rief Elly, und Liddy meinte sogar: »Können wir nicht gleich hin? Wir haben genug getanzt, wir wollen gleich hin.«

»Affen ihr! Ich weiß nicht, was ihr euch von Gülzenow denkt, warum ihr so dorthin verlangt. Es ist doch ein verwünschtes Nest und das einzige Gute wird sein, dass kein Wagen in unsere musikalischen Freuden hineinrasseln kann. Ich werde wenigstens nicht dulden, dass ein Gespann über den Hof fährt, während gesungen wird, und wenn ich mir wer weiß wie viel Fuder Heu dadurch vor dem Regen retten könnte«, behauptete die Tante.

Hasso lachte hell auf.

»Das sollte Herr Bütow hören«, rief er lustig scherzend, »er machte drei Kreuze vor der Landwirtin.«

»Mag er!«, sagte sie abweisend. »Güter, die nichts bringen, und Menschen, die nicht spielen oder singen, können mir gestohlen werden.«

»Ich glaube, Gülzenow wird dir halb und halb gestohlen«, meinte Hasso ernsthaft. »Alle Welt sagt, es sei ein schönes Gut.«

»Ich liebe nicht, dass mit aller Welt über mein Eigentum gesprochen wird. Wenn ich mich bestehlen lassen will, wen geht's was an?«, sagte die Tante rau und warf einen misstrauischen Blick auf Hasso, den er aber nicht bemerkte.

»Warum berührtest du den wunden Punkt?«, sagte Ursula nachher leise zu ihm. »Dachtest du nicht an ihr Misstrauen?«

»Ach, das ganze Misstrauen ist ja Unsinn«, wies Hasso die Warnung zurück. »Soll ich deshalb schweigen, wenn sie betrogen wird? Lass uns nur erst hin nach Gülzenow, dann werde ich mich schon umsehen und mehr sagen, wenn es nötig ist.«

Der kleine Misston, den der Tante letztere Äußerung hervorrief, verhallte bald. Was schadet ein Wölkchen am Horizont, wenn der Himmel sonst klar ist. Der erste fröhliche Windhauch setzt sich hinein und lässt es in tausend leichte Flöckchen zerstieben, von denen keins dem Sonnenschein zu trotzen und sich wider ihn als finstre Macht zu behaupten vermag. Der Abend kam. Die Lampen wurden angezündet, die Tante setzte sich in ihren Lehnstuhl und Rose begann zu singen.

Ja, das war doch noch ein anderer Gesang, als er bisher in diesen Räumen erklungen und das Herz der zuhörenden Musikliebhaberin erfreut und erhoben hatte. Ein stolzer Schwan zog singend durch das weite All und die Waldvöglein verstummten und lachten über die kleinen Stimmchen, mit denen sie sich in den Jubelchor der Schöpfung zu machen gewagt und doch sich gedrängt fühlten, es wieder zu tun, dem vor ihren wachen Sinnen sich entfaltenden Zauber ihre ungekünstelte Huldigung darzubringen. Ja, das war eine herrliche Stimme, weich und seelenvoll, glockenrein und von einer seltenen Kraft und Fülle, die doch immer in den Grenzen schönen Gleichmaßes gehalten wurde. Und nun dies Verständnis der Seele, die unbeschreibliche Einfachheit des Vortrages, die in ernsten Gesangstücken geradezu erhaben war, der Eindruck war überwältigend.

Der alten Dame standen die Augen voll Tränen. Mit andächtig gefalteten Händen hörten Elly und Liddy zu, Ursula von dem fernsten und dunkelsten Winkel des Zimmers aus. Hasso begleitete die Sängerin. Dann sangen beide zweistimmige Lieder, dann ruhte Rose und die Schwestern lösten sie ab, dann wurden drei- und vierstimmige Sachen versucht, heitere und ernste, Mozarts launige Terzetten, alte und neue Opern mussten ihre schönsten Schätze hergeben, es war ein herrlicher Abend.

Auf der Straße unten blieben die Vorübergehenden stehen, in dem Hause gegenüber öffnete man die Fenster, vor der Tür versammelten sich still ungebetene Zuhörer.

»Wer wohnt dort? Was ist da los?«, fragte Clemens, der Arm in Arm mit Lindemann vorüberging.

Baedeker II. blieb betroffen stehen. Er hatte jenen halb und halb zu dem Abendspaziergang gezwungen, er wollte ihm durchaus das Flüsschen, das an seiner Heimatstadt vorüberfloss, in Mondscheinbeleuchtung zeigen, in der Residenz gab es natürlich solch klares Wasser nicht. Clemens war gutmütig genug, dem alten Partikulier den Gefallen zu tun.

»Mein Gott, wissen Sie nicht, dass dort Ihre Tante wohnt? Haben Sie ihr noch keinen Besuch gemacht?«, fragte dieser erstaunt. »Nein, aber ich werde jetzt hinaufgehen«, entgegnete Clemens. »Tun Sie das nicht, sonntags wird niemand angenommen. Die Dame liebt es nicht, dass man ihre Familienkonzerte stört.«

»Dann werde ich's gerade tun«, rief Clemens, machte sich von Lindemanns Arm los und war mit einem fröhlichen Gruß im Hause verschwunden.

Sein kräftig tönender Fußtritt auf der Treppe, der laute Klang der Hausglocke, die er mit noch kräftigerem Ruck anzog, schallten misstönend durch Rosens herrlichen Gesang hindurch. Rosine wurde dunkelrot.

»Tausend Donnerwetter, wer untersteht sich –«, brach sie los. Indem wurde die Tür aufgerissen, Johann erschien in derselben.

»Ich kann nichts dafür, gnädige Frau, der junge Herr lassen sich nicht abweisen«, rief er ängstlich hinein.

»Wer?«, schrie die Tante.

»Ich, gnädigste Tante«, entgegnete Clemens, mit der größten Unbefangenheit eintretend.

»Hören Sie, Sie sind mir ein merkwürdig dreister Patron«, schalt Rosine. »Die Woche hat sechs Tage, an denen Sie sich herbemühen konnten. Was haben Sie am Sonntag mein Familienkonzert zu stören!«

»Tante, gehöre ich denn nicht zur Familie?«, fragte Clemens in vorwurfsvollem Ton, durch den doch der Schalk hindurchklang. »War meine Mutter nicht eine Fuchs? Bin ich nicht der Sohn Ihres alten Freundes? Muss ich wirklich erst meinen Pass aufweisen, ehe ich anerkannt werde? Dann, passen Sie auf, hier ist er –«

Er schritt rasch auf das Klavier zu, grüßte die um dasselbe gruppierten Damen ehrerbietig, sagte zu Hasso: »Vetter Hasso, nicht? Kommen wir endlich einmal zusammen?«, setzte sich an das Instrument und nach einigen glänzend ausgeführten Passagen spielte er mit ebenso sicherer Geläufigkeit als richtigem Verständnis eine Beethoven'sche Sonate, grade die Lieblingssonate der Tante.

Er war noch nicht zu Ende, als sie schon hinter seinem Stuhl stand, und der Schlussakkord war kaum verhallt, so hatte sie ihn schon beim Kopfe gefasst und küsste ihn auf beide Wangen.

»Wahrhaftig, ein Fuchs, mein richtiger Neffe! Komm her, Goldjunge, unverschämter Windbeutel, du bist anerkannt. Ja, du gehörst zur Familie, zur musikalischen und schönen Linie zugleich, wie dort deine beiden Cousinen, Elly und Liddy, die Bologneser Hündchen«, setzte sie lachend hinzu. »Nun gebt euch die Hände und nennt euch du.«

Errötend und lachend folgten die Zwillinge der Anforderung. Hasso begrüßte den Vetter mit der größten Herzlichkeit, Ursula in ihrer freundlichen zurückhaltenden Weise. Wie aus tiefen Gedanken fuhr Rose aus ihrer gebückten Stellung empor, als Rosine ihr den Neffen vorstellte. Sie war ganz in ein Notenblatt vertieft gewesen und war wohl noch etwas zerstreut, denn sie erwiderte seine tiefe Verbeugung kaum, sondern maß ihn mit einem langen erstaunten Blick.

Einige Tage darauf kehrte Rose von einem Besuch heim, den sie einer ihrer ehemaligen Lehrerinnen abgestattet. Der Weg führte sie über den Markt, am Deutschen Hause vorbei. Clemens saß am Fenster. Er stand augenblicklich auf, verließ das Gasthaus und ging ihr nach.

Mit wenigen Schritten hatte er sie eingeholt, begrüßte sie und sagte, sich zu ihr gesellend und neben ihr herschlendernd: »Ich verleugnete Sie neulich, erscheint Ihnen mein Benehmen treulos, zweideutig?«

»Wir wollen das Wort Treue nicht auf das lose Band einer oberflächlichen Bekanntschaft anwenden«, sagte sie, »damit hat Treue nichts zu tun. Zweideutig allerdings war Ihr Benehmen. Sie mussten doch Gründe haben, mich zu verleugnen, triftige wohlüberdachte Gründe. Sie gaben nicht einmal der Überraschung, mich so unvermutet wiederzusehen, Raum. Es liegt Nichtachtung in diesem Verfahren und die habe ich nicht verdient«, sagte Rose, ihrem gekränkten Gefühl sanft Ausdruck gebend.

»Nichtachtung! Nein, Rose, es war nur Klugheit!«, entgegnete Clemens. »Und was die Überraschung betrifft, so hatte ich im Vorübergehen Ihren Gesang gehört. So wenig ich mir aber ihre Anwesenheit hier erklären konnte, denn ich wusste nichts von Ihrer Freundschaft mit meinen Cousinen, so war ich doch nun vorbereitet Sie zu sehen und es war mir möglich, mich zu beherrschen.«

»Aber wozu?«, fragte sie. »Warum denn dieser Schleier des Geheimnisses über unsere Bekanntschaft? Das ist unehrlich. Was haben wir zu verbergen?«

»Ich sehr viel!«, entgegnete er ausweichend. »Ich ein Gefühl, dem ich nicht Raum geben darf, das ich ebenso wenig aus meinem Herzen zu reißen, gegen dessen überwältigende Macht ich mich nur durch diese scheinbare Kälte zu wahren vermag. Ich habe Pläne, Absichten, muss sie haben, gegen die das Herz rebelliert, aber ich darf auf diese rebellische Stimme nicht hören. Sie müssen gut sein, Rose, müssen mir folgen, ich bin der Klügere, der Erfahrenere und es handelt sich um mein künftiges Geschick. Wenn ich es jetzt eingestehen soll, dass ich Sie kenne, seit langer Zeit kenne, wie soll ich es da verbergen, dass ich Sie liebe!«

Er hielt inne. Sie antwortete nicht. Sie schüttelte nur den Kopf, als wollte sie sagen: »Ich verstehe kein Wort von alledem«, aber das Einzige, was sie davon verstand, sein letztes Geständnis, das schloss ihr die Lippen und durchschauerte sie mit einer Empfindung, die für einen Augenblick alles gerechte Misstrauen überwog. Er bemerkte seinen Vorteil und fuhr vorwurfsvoll fort:

»Wie kalt Sie gesprochen haben! Oberflächliche Bekanntschaft, sagten Sie vorhin, oberflächliche Bekanntschaft, wir beide, und doch tat mir das Herz beim Abschied so weh, dass ich nicht wagte Sie anzusehen, und doch wurden Sie ohnmächtig, als ich ging.«

»Mademoiselle Dufour, die kleine Tänzerin, schnitt sich in die Hand, ihr Blut bespritzte mich, ich kann Blut nicht sehen«, entgegnete sie ausweichend.

»Das ist nicht wahr, Rose«, sagte er, durch die Sanftheit des Tones die Rauheit der Worte mildernd. »Überlassen Sie doch das Lügen uns Männern, die oft genug der eigne schlimme Sinn, die arge Welt dazu treibt. Frauenlippen sollte keine Lüge beflecken.«

»Das ist auch wahr«, sagte Rose, »ich will auch nicht lügen, ich will es Ihnen überlassen. Mich bespritzte also Fräulein Dufours Blut nicht, aber ich war schwach an dem Morgen und es kränkte mich, dass Sie nach vielfachem freundlichen Verkehr so kalt von mir schieden. Es verletzte mich, dass Aimée Dufour, dass Linda und Emmy und Natalie in Streit ausbrachen, welche die Bevorzugte in ihrem Herzen sei, dass jede sich auf Beweise zu berufen wusste. Sie sind kokett, Clemens. Das gestattet man höchstens Frauen, aber unter die edeln Frauen zählt man die Koketten nicht. Ich hatte Sie wirklich für meinen Freund gehalten, aber das Letzte, was nach Ihrem kalten Abschied von dem Glauben an Ihre Freundschaft oder Zuneigung übrig bliebe hat unser neuliches Wiedersehen vernichtet. Weshalb behandeln Sie mich wie eine Fremde?«

»Ich sprang wie ein Cortez an das Ufer eines neuen Landes und verbrannte meine Schiffe hinter mir«, entgegnete er rasch. »Man geht rücksichtsloser vorwärts, wenn man nicht mehr zurück kann, und ich will und muss vorwärts, Rose!«

»Wohin?«, fragte sie staunend. »Und was hindert die unbedeutende Blume am Wege Ihren Siegeslauf, dass Sie mit achtlosem Fußtritt an ihr vorüberstreifen? Ich verstehe Sie nicht, Clemens, ich muss eine deutliche Erklärung haben.«

Sie waren während dieses Gespräches langsam die Straße hinunter zum Tor hinausgeschritten. Statt die Richtung nach Tante Rosinens Haus einzuschlagen, wendete sich Clemens der Promenade zu, die um diese Zeit nicht sehr belebt zu sein pflegte. Rose folgte willenlos.

»Ich will Ihnen die Wahrheit sagen, die volle Wahrheit«, versicherte Clemens. »Sie werden an ihrer Bitterkeit erkennen, dass sie unverfälscht ist, wenn Sie mir auch vielleicht nicht glauben werden, dass ich die Bitterkeit nicht minder als Sie empfinde. Ich liebe Sie, Rose, ich habe Sie geliebt, solange ich Sie kenne. Anfänglich ohne es zu wissen, dann mit vollem Bewusstsein, und dass Sie mein Gefühl erwiderten, erfüllte mich mit unbeschreiblicher Seligkeit. Das haben Sie gewusst, das müssen Sie noch jetzt glauben, auch wenn ich hinzufüge, dass ich Ihnen entsagen muss.«

Auf die Freude, die einen Augenblick in Rosens Antlitz aufgeleuchtet, fiel tiefer Schatten. Die Frage »Weshalb?« schwebte noch auf ihren Lippen, sie unterdrückte sie und Clemens fuhr fort .

»Sie wissen nicht, weshalb mein Vater mich hierher versetzen ließ – ich will es Ihnen sagen. Er wollte meinen Verkehr mit Madame Durando abgebrochen sehen«, fuhr er mit niedergeschlagenen Augen und unsicherer Stimme, als werde ihm jedes Wort schwer, fort; »alte Leute haben ihre Vorurteile. Madame Durando ist eine brave Frau, aber ihr leichter Ton, ihre Lebensstellung verdächtigen sie.«

»Ihre Lebensstellung, die auch die meinige ist – jetzt verstehe ich«, sagte Rose und sah ihn mit ihren unschuldigen Augen klar und fest an.

»Nie würde mein Vater es zugeben, dass ich mir die Gattin aus jenen Kreisen wählte. Ich kann gegen meines Vaters Gebot nicht handeln. Zudem«, setzte er aufsehend und ihrem ruhigen ernsten Blick begegnend, einigermaßen verlegen hinzu, »sind meine Verhältnisse der Art, dass sie es mir verwehren, um des Glückes selbst willen glücklich zu sein. Ich muss mein äußeres Los im Auge haben –«

»Es ist genug, Sie brauchen sich nicht weiter zu entschuldigen«, sagte Rose würdevoll, »Ihre Entschuldigungen sind beleidigender als Ihr Schweigen. Sie haben mich eine Zeit lang glauben gemacht, dass Sie mich liebten. Ich habe es geglaubt. Der Irrtum ist vorüber. Ihre fremde Begrüßung neulich, Ihr Verleugnen unserer Bekanntschaft hat ihn aufgeklärt, es bedarf der kalten Worte nicht, ein Verständnis zu erreichen. Es bleibt dabei, äußerlich und innerlich, dass wir uns neulich zum ersten Mal gesehen, und es wird mir nach diesem Gespräch nicht mehr schwer werden, Sie wie einen Fremden zu betrachten. Ich verstehe Ihre Wege nicht, Clemens, ich weiß nicht, was für Ziele Sie haben, aber die einen scheinen mir öde und die andern in einer Region, die der Herzenswärme unzugänglich ist. Passen Sie auf, dass Sie nicht darüber hinaus in den Abgrund tiefer Herzenseinsamkeit stürzen.«

Sie hatte mit einer Feierlichkeit gesprochen, die ihn verwirrte, sie sah so schön dabei aus, dass er, wie von einer dämonischen Macht erfasst, kaum dem Verlangen widerstehen konnte, hier auf offener Straße vor ihr hinzustürzen oder sie besinnungslos in seine Arme zu ziehen. – Als sie mit kaltem Abschiedsgruß an ihm vorüberschreiten wollte, ergriff er sie heftig bei der Hand.

»Mädchen, fühlst du nicht«, sagte er gepresst, »dass ich kalt bin, kalt sein muss, weil ein Vulkan in mir tobt, der uns beide verderben könnte? O ihr Mädchen, mit eurer Unschuld macht ihr es uns oft namenlos schwer, ehrlich zu bleiben! Rose, ich liebe dich, aber ich kann, ich darf dich aus tausend Gründen nicht heiraten. Du musst mir glauben und mich bedauern, oder mir nicht glauben und mich hassen. Mein Vater, die Verhältnisse, alles ist gegen unser Glück. Ich werde alles tun, was du verwirfst, was dich irremacht, zweideutig handeln, mit falscher Zunge sprechen, Heiterkeit heucheln. Entlarve mich, wenn du willst, aber glaube an meine Liebe. Bis an meines Lebens Ende werde ich dich lieben, nur dich, du schöner, hoch am Himmel ziehender, unerreichbarer Stern!«

Seine Stimme brach im Schmelz der Wehmut, sein Blick traf sie mit heißer Liebesglut, seine Lippen öffneten sich halb, als habe er noch etwas, das Wichtigste, das Letzte zu sagen, aber seine Stimme starb in einem Seufzer dahin. Mit einem kräftigen Entschluss raffte er sich zusammen.

»Es ist spät geworden«, sagte er leise, »soll ich Sie nach Hause bringen, Fräulein Rose?«

»Nein«, sagte sie mit Festigkeit, ihre innere Erschütterung überwindend, »nein, ich kenne meinen Weg, ich finde ihn ohne Ihre Hilfe.«

Auf dem einsamen Heimwege hatte Rose hinlänglich Zeit, Fassung und Ruhe wenigstens äußerlich wieder zu erlangen. Sie war tief gekränkt, und wenn auch ihr schon bei dem Abschied erschütterter Glaube an ihn jetzt vollends dahin war, so bebte doch ein schmerzvoller Ton durch ihre Seele, der sie an die Schönheit des verklungenen Hoheliedes reinster irdischer Empfindung mahnte. Clemens hatte mit ihr gespielt. Seine Leidenschaft war ein Rausch des Augenblicks, sein Herz das eines kalten Egoisten. Er ist ein Schauspieler, sagte sie sich, und doch war es schwer, sein vortreffliches Spiel nicht für Wirklichkeit zu halten, seine bebende Stimme, sein warmes Wort, seinen heißen Blick vollendeter Kunst zuzuschreiben und nicht hingerissen zu werden von dem, was in jeder Kunst Natur sein muss, um zu wirken.

Sie gestand es sich ein, dass sie sich trotz seines kalten Abschieds wider ihren Willen gefreut, ihn in L. wiederzusehen, dass sie auf ein Missverständnis, auf eine Lösung desselben gehofft, dass sie sich gefreut, ihn durch ihr unerwartetes Kommen zu überraschen. Das alles war dahin und sie dazu verurteilt, ihm kalt und fremd gegenüber zu stehen und täglich aufs Neue die Kränkung zu empfinden, dass er rücksichtslos über sie hinweg andern Lebenszielen zuschritt. Aber welchen? Was erstrebte er? Ihr Verdacht blieb an nichts Schlimmerem haften, als dass er gesonnen sei, eine reiche, glänzende Heirat zu schließen, die ihm den Weg zu einer bevorzugten Stellung im Leben bahnen sollte. Und schon der nächste Abend bestätigte ihre Vermutung. Es war von Lebenszielen und Bestrebungen die Rede, ein jeder sollte seine Wünsche, seine Reizungen in dieser Beziehung aufrichtig bekennen.

»Eine Ministertochter zur Frau und einen Gesandtschaftsposten«, sagte Clemens gähnend.

Die Tante schlug ihm auf den Mund.

»Fürs Gähnen und für die Verleumdung deiner Person. Wer wird aus Ehrgeiz heiraten! Aber du sagst es, du wirst es am wenigsten tun.

Nun, Hasso, du?«, fragte sie und machte eine wegwerfende Gebärde, als er, seine kräftige Gestalt hoch aufrichtend, in frischem Ton sagte:

»Einen Urwald und eine Axt.«

»Eine Bibliothek auf dem Lande«, bekannte Ursula zu allgemeinem Gelächter.

»Ich möchte nur fürs Haus singen dürfen«, sagte Rose, und die Zwillingsschwestern versicherten, sie wünschten nichts anderes, als »dass es immer so bleiben möge, wie es just sei«.

Clemens war von nun an ein willkommener Gast im Hause seiner Tante. Wie er sich ihr den ersten Tag gezeigt, so blieb er. Nicht ein Fünkchen Aufmerksamkeit mehr erwies er ihr, als ihm gerade beliebte. Ihre Derbheiten erwiderte er mit Derbheit. Hundertmal des Tages nannte sie ihn »unverschämter Bengel« und doch war sie ihm gut.

»Clemens«, sagte sie eines Tages zu ihm, »ich glaube, du kümmerst dich wirklich nicht um meinen Reichtum?«

»I«, sagte er lachend, »wenn ich nur Aussicht hätte, dass er mein werden könnte, wollte ich mich schon darum kümmern. So hilft's mir nichts, wenn ich dir noch so sehr um den Bart gehe. Ich muss das dem Hasso überlassen.«

»Findest du, dass Hasso mir um den Bart geht?«, fragte sie eifrig.

»Nein, Tante, ich habe das nur so gesagt. Er mag ja ohne allen Eigennutz ein Musterknabe sein, und wenn nicht, mein Gott, wenn ihn der Gedanke an den künftigen reichen Standesherrn auf Gülzenow solide macht, da hätten wir ja einen moralischen Einfluss des Reichtums, der nicht zu verachten wäre. Wahrhaftig, wenn ich nicht Clemens wäre, möchte ich wohl Hasso sein.«

Die Tante rückte sich die Haube schief, der erste Grad innerer Unruhe, der erste Verräter geheimer zwiespältiger Gefühle.

»Ich dachte, du machtest dir aus Geld ganz und gar nichts«, bemerkte sie einigermaßen ärgerlich.

»Aus *deinem*, Tante. Aus *meinem* würde ich mir schon etwas machen. Es ist manchmal sehr wenig lustig, dass man solch armer Schlucker ist.«

Die Haube wurde wieder gerade gesetzt. Seine rücksichtslose Aufrichtigkeit bestach sie jedes Mal.

»Bist du in Verlegenheit, brauchst du Geld? Ich will dir geben, Clemens«, sagte sie in aufwallender Großmut.

Er machte eine abwehrende Bewegung.

»Junge, du kannst's dreist nehmen, ich weiß doch, dass du uneigennützig bist«, versicherte sie. Aber er blieb bei seiner Weigerung.

»Tante, es ist mir absolut unmöglich, ich bin in der Beziehung ein stolzer Kerl«, sagte er mit einer Miene, die noch abweisender war als seine Worte.

Sie wagte kein ähnliches Anerbieten wieder und er gewann nur umso mehr Einfluss über sie.

Dore brummte über den neuen Liebling, der die ganze Hausordnung verkehren durfte, der seinen Kaffee gleich nach dem Essen verlangte, über das bürgerliche Abendbrot solange gespottet hatte, bis es, statt nur des Sonntags, alle Abende Tee gab, und der von diesem Tee die Farbe des Braunbiers begehrte. Sie brummte und schalt über mancherlei und machte so ihre geheimnisvollen Bemerkungen, über die ihre Herrin sie auszankte und die vielleicht nur in Ursulas Herzen ein leises Echo fanden.

Ursulas geregeltem Wesen war Clemens' keckes Sichgehenlassen wenig sympathisch, während es auf ihre Schwestern den Eindruck der Genialität machte und ihnen nur wie das Übersprudeln männlicher Kraft erschien. Freilich erblickte Ursula nie das Gegenbild, wie jene. Sie erfuhr es nicht, wie zart er sein konnte, wie fein, wie unbemerkt von anderen, als dem Gegenstand der Huldigung selbst, er zu huldigen verstand. Sie wusste nichts von dem Zauber, den er da auszuüben wusste, wo er gefallen wollte, sie erfuhr den mächtigen Eindruck nicht, den es auf ein unerfahrenes Gemüt macht, wenn eine scheinbar kühle, egoistische, selbstbewusste Natur auf einmal, wenn auch nur wie von vorüberschießenden Blitzen erhellt, die reichsten Schätze des Herzens offenbart, umso reicher erscheinend, umso lockender und liebenswerter, als sie gleichsam wie ein tiefes Geheimnis bewahrt wurden, um nur dem Eingeweihten auf Augenblicke verraten zu werden.

Der eigentliche Karneval war zwar vorüber, aber es gab doch noch so manchen Nachzügler winterlicher Freuden, an dem Clemens nun auch tätigen Anteil nahm. Obgleich er behauptete, seit zehn Jahren schon nicht mehr getanzt zu haben, eine Behauptung, der schon sein Alter widersprach, war er doch ein gewandter eleganter Tänzer, doppelt willkommen vielleicht als solcher, weil er sich rar machte, ein ziemlich geckenhaftes Kunststück, das aber, mit einiger Manier ausgeübt, doch selten des Eindruckes verfehlt.

Er tanzte nicht einmal immer mit Liddy und Elly, es hatte nicht den mindesten Anschein, als zeichne er sie oder eine der anderen jungen Damen aus, und doch hatte keine die Empfindung, vernachlässigt zu sein, und jede war seines Lobes voll.

Es war einmal nichts bedeutungslos, was er tat.

»Ein prächtiger Tänzer!«, sagten die jungen Mädchen. Die alten Damen, gegen die er sehr artig war, schwärmten für ihn, seine Kollegen hatte er alle für sich, denn er war ein guter Gesellschafter, auch in dem weiteren Sinne, in dem junge Leute, die unter »gut« nicht immer »gewählt« meinen, es verstehen. Alten Herren begegnete er ebenfalls mit Aufmerksamkeit, und so hatte er schnell eine Art Beliebtheit erlangt und alle, der alte Lindemann an der Spitze, gratulierten der Frau von Fuchs zu dem liebenswürdigen Neffen.

Rose nahm nicht Teil an diesen Gesellschaften. Ihre angegriffene Gesundheit musste zur Entschuldigung dienen, und in der Tat sah sie blass aus und Tante Rosine sah ein, dass, wenn sie singen solle, sie unmöglich tanzen könne. Sie blieb mit Ursula zu Hause, zuweilen gelang es Hasso, sich loszumachen und dann auch auf ein Abendstündchen in die Stadt zu kommen. Das waren glückliche Stunden für alle, auch für Rose.

Das Glück ist vielgestaltig und nicht nur, wenn es zum Himmel jauchzt, zeigt es der Seele seine durchleuchteten Schwingen. Auch die Freundschaft ist ein Glück und die unruhigen Wogen der Seele legen sich unter ihrem Einfluss, selbst wenn diese von den Wettern nichts weiß, die der Sturm in der Tiefe erregt.

Auch Ursula und Hasso ahnten nicht, dass Rose und Clemens einander in der Residenz gekannt. Stolz hieß Rose schweigen, als er sie bei jenem ersten Wiedersehen wie eine Fremde behandelte. Seit jener Unterredung mit Clemens schloss noch ein anderes Gefühl ihr die Lippen. Sie war irre an ihm, an sich selber; sie verstand nicht ihn, nicht sich. Noch verstand sie auch Hasso nicht und ihr befangenes Herz schlug für ihn zu sehr in der süßen Gewohnheit geschwisterlicher Gefühle, um an einen Wechsel auch nur denken zu können. Frühlingsanfänge draußen, die dem abziehenden Winter stark Konkurrenz machten;

Frühlingsanfänge gar in jungen Herzen! Wie kam es doch, dass den beiden jungen Mädchen, Elly und Liddy, das Leben noch viel schöner erschien denn je und dass es ihnen doch viel ernster vorkam? Wie kam es, dass ihre stillen Züge lebhafter, ausdrucksvoller wurden, ihre Gedankenwelt reicher, wenn auch noch mehr in Träumen sich verlierend, als schon reif zu klarem bestimmtem Verständnis und Wort?

Sie saßen beieinander und tauschten Eindrücke, Betrachtungen, wie das Leben sie der Jugend bietet, miteinander aus. Schweigend hörte Ursula zu. Dem jungen Mädchen war die Veränderung der Schwestern nicht entgangen. Sie hatte einen beobachtenden Geist, was himmelweit von einem spionierenden, einem kombinierenden ist. Durch logisches Denken verband sie Ursache und Wirkung miteinander und da, wo ein anderer nur eine Mischung bunter Farben gesehen haben würde, sonderten sich diese für sie zum klaren Bilde. Sie bemerkte die Veränderung der Schwestern und zagte, sie sah auch noch andere Blüten keimen im Eden der Jugend, dem Sonnenschein hoffnungsvoll entgegen lachend und doch diese Sonne im Nebel, in Wolken, trotz allen Bemühens, den weiten Horizont zu erhellen. Woher diese Ohnmacht, woher Wolken und Nebel? Unbestimmte Furcht erfüllte Ursulas Seele, und das scheinbar heitere Geschwätz der Schwestern verscheuchte sie nicht. Kindergeschwätz, Vogelgezwitscher! Aus übervoller Brust strömt zuletzt doch der Ton, der zum Liede wird, wenn es auch nichts weiter besingt als die Seligkeit des Daseins.

»Wie freue ich mich auf Gülzenow!«, sagte Elly.

»Und den Frühling auf dem Lande«, setzte Liddy hinzu.

»Glaubst du, dass er noch schöner sein kann, als der Winter es war?«, fragte Elly.

»Gewiss, im Frühling wächst alles. Waren die letzten Bälle nicht auch noch viel heiterer als die ersten?«, lautete die Entgegnung.

»Ja, ich habe nicht geglaubt, dass man so glücklich sein könnte, während man sich doch nur amüsiert«, sagte Liddy sinnend.

»Das Vergnügen ist nur ein Strahl aus der Sonne des Glückes«, fuhr Elly fort. »Glaubst du, dass ein unglücklicher Mensch das Vergnügen kennt?«

»Wenn Vergnügen ein Sonnenstrahl ist, den kann jeder erhaschen, die Sonne scheint für alle«, begann wieder Liddy. »Aber das ist doch nur ein Bild. Die Sache selbst muss einen Grund haben. Sieh einmal, unsere Ursula ist glücklich, aber über unser Vergnügen lächelt sie und versteht es nicht.«

»Die Sonne wirft ja doch viele Strahlen, dem einem blickt dieser, dem andern jener ins Herz«, mischte sich jetzt Ursula in das Gespräch.

»Also ist das Bild doch richtig«, triumphierte Elly, »die Sonne bedeutet das Glück im Ganzen, hoch oben am Himmel steht's und wirft Strahlen über die Erde; jeder bringt uns ein anderes dem Himmel verwandtes irdisches Gut. Ursula, du bist für uns auch ein Sonnenstrahl.«

»Und auch die Tante, Rose, Hasso«, fuhr Liddy fort.

Elly lachte leise. »Oh«, sagte sie, »der Sonnenstrahl, der die Tante bedeutet, ist manchmal etwas sehr heiß, heißer als hell.«

»Still, still, wir dürfen so etwas nicht denken, nicht sagen«, wies Liddy die Schwester zurecht, wie man wohl sich selber zurechtweist, wenn Gedanken gegen Gefühle streiten, und Elly war fast gehorsamer, als man es in solchen Fällen oft gegen sich selbst zu sein vermag, sie bat Liddy mit einem reuigen Blick ihre voreilige Bemerkung ab und sagte:

»Gewiss ist die Tante einer unserer Sonnenstrahlen, auch Dora.«

»Und Clemens!«, setzte Liddy schnell hinzu.

Nun fingen sie an, die Vorzüge des Vetters aufzuzählen, seine Heiterkeit, sein musikalisches Talent, seinen schönen Anstand, sein wohllautendes Organ, seine Klugheit, seine Freundschaft, seine Wahrheitsliebe und sein gutes Herz.

»Er hat dich sehr lieb!«, sagte Elly. »Hast du das nicht gemerkt?«

»Ich habe nicht darauf achtgegeben«, entgegnete jene, »ich freute mich, dass er *dir* so gut war.«

Sie sahen einander an, fest, tief, als gäbe jede der andern ein Rätsel auf, das nicht mit Worten, nur mit Blicken zu lösen sei. Den ineinander schwimmenden Augen folgten die Hände, die sie fest ineinander verschlangen.

»Was ist dir? Du zitterst und deine Hand glüht«, sagte Elly.

»Die deine auch und du hast Tränen in den Augen!«, fuhr Liddy fort.

Sie sanken einander in die Arme, ein leises Schluchzen erstickte jedes weitere Wort. Es war auch weiter nichts zu sagen. Das Rätsel war gelöst.

Sie liebten Clemens, liebten ihn alle beide. Wann hätten sie je etwas nicht gemeinsam empfunden!

»Ihr armen, armen Kinder!«, sagte Ursula, aber zwei glückselige Gesichter lachten ihr durch Tränen entgegen.

»Arme Ursula, arm wir? Ja, wenn die Empfindung uns trennte! Aber wir lieben ihn ja gemeinsam, wir wollen ja nichts weiter, als eins sein auch in diesem Gefühl, wie wir es in allen andern Dingen sind«, so sprachen die Schwestern in lieblicher Verwirrung durcheinander.

Vogelgesang! Das Lied der Lerche, die von der Seligkeit des Frühlingsmorgens singt!

Es war etwas Fremdes über die Schwestern gekommen. Die Unbefangenheit war dahin, die sonst ihren Verkehr mit Clemens bezeichnet hatte. Sie erröteten, wenn sein Schritt auf der Treppe erschallte, und wurden blass, wenn er eintrat. Sie mieden seine Blicke, sie flüchteten zueinander, wenn er da war, als müsste die eine die andere vor ihm beschützen. Die jungen Herzen waren aus dem Schlummer der Kindheit erwacht. Die Träume desselben waren Leben geworden, und das Leben ist Unruhe.


Der letzte Ball der Saison fiel schon tief in den April hinein. Am Tage darauf sollte die Reise nach Gülzenow angetreten werden. Hasso hatte Urlaub, Clemens wollte nachkommen, da er überhäufter Arbeiten beim Gericht wegen sich im Augenblick nicht losmachen konnte. Rose dachte im Stillen: »Wenn er kommt, bin ich weg, weit weg. Hat er mich wirklich noch lieb, wie es manchmal ein halbes Wort, ein rascher Blick sagen will, hat er mich noch lieb, wie kann er sich, mir, diese Pein auferlegen, wie kann er sich so verstellen, so heiter, so unbefangen sein! Oder ist das Kraft, Selbstbeherrschung, nicht Verstellung?« Sie blieb sich selber die Antwort schuldig.

Eine halbe Stunde vor Anfang des Balles kam Clemens zu Lindemann. »Alter Freund«, sagte er, nachdem er eine Weile ruhig den Auslassungen des andern über die Vorzüge Liddys zugehört, »alter Freund, borgen Sie mir dreitausend Taler!«

Er sagte das in einem Tone, als bäte er um eine Zigarre.

»Sie sind reich, ich habe Schulden, die ich jetzt gern los sein möchte. In einem halben Jahre oder Jahre, wenn ich verheiratet bin, zahle ich sie wieder.«

»Wenn Sie verheiratet sind? Ei, der Tausend, sind Sie denn verlobt?«

»Noch nicht, aber ich darf nur ein Wort sagen und ich bin's.«

»Darf man fragen, mit wem? Da Ihre Heirat doch eine Garantie für mein Geld sein soll.«

»Ich werde eine meiner Cousinen heiraten. Es sind artige Kinder, die Tante ist ebenso reich als wankelmütig in ihrer Gunst, wenn man sie nicht zu behandeln weiß. Ich weiß sie aber zu behandeln, verstehe es, Vorteil für mich daraus zu ziehen. Aller Wahrscheinlichkeit nach sind die Mädchen ihre Erbinnen, ist die eine meine Frau, werde ich die Wahrscheinlichkeit zur Gewissheit machen. Sie sind Geschäftsmann gewesen, Lindemann, deshalb spreche ich zu Ihnen nüchtern über die Sache; was mein Herz dabei empfindet, werde ich vor dem Altar meiner Gottheit selbst niederlegen.«

Die Wärme, mit der er die letzten Worte sagte, übte nicht die beabsichtigte Wirkung. Lindemann schüttelte bedenklich den Kopf.

»Das gefällt mir nicht. Sie wollen die Nichte heiraten und witzeln über die Tante an öffentlicher Table d'hôte, verspotten ihre Eigentümlichkeiten und geben sie dem Gelächter preis.«

»Sie ist eine verdrehte alte Schraube, ich heirate sie nicht, und – wer wird's ihr wiedererzählen? Scherz muss sein!«, sagte Clemens leichtsinnig.

»Hören Sie, das würde Ihr Vetter Hasso nicht tun«, versicherte Lindemann.

»Loben Sie ihn nur«, lachte Clemens, »ich gebe Ihnen ja alle Gelegenheit, es wie gewöhnlich auf meine Kosten zu tun. Hasso würde Sie nicht anpumpen.«

»Möchte er's. Ihm gäbe ich's auf sein bloßes Wort.«

»Mir nicht? Sie sind aber grob und ein rechter alter Philister!«, scherzte Clemens, der wohl wusste, was er sich erlauben durfte. »Das schadet aber nichts. Sie sperren sich erst ein bisschen und tun mir nachher doch den Willen. Sie sind mir ja doch nun einmal gut trotz Hasso und Ihrer spießbürgerliche Moral und können meine heitre Laune nicht entbehren.«

»Ich habe sie bis jetzt umsonst gehabt«, meinte Lindemann.

Clemens lachte. »Sie werden sie gar nicht mehr haben, wenn Sie mich zwingen, meiner Liebe zu entsagen und kopfhängerisch über meine Schulden zu brüten. Sie verlieren meine Gesellschaft sicher, Ihr

Geld würden Sie nicht verlieren. Besinnen Sie sich nicht lange, machen Sie mein Fahrzeug flott, dass es in den Hafen der Liebe einlaufen kann.«

Er klopfte ihm zutraulich auf die Schulter. »Wir sehen uns auch den Fluss beim nächsten Mondschein an, ich bin Ihnen die Bewunderung noch schuldig geblieben«, setzte er lachend hinzu.

»Mir gefällt dabei nicht, dass Sie die alte Dame dem Gespött preisgeben und dass Sie so leichtfertig sprechen können, wenn Sie an eine Verbindung für Ihr Leben denken«, sagte Lindemann. »Ich habe zwar keine Erfahrung in der Sache, aber ich denke, das muss anders sein. Ich glaube, wenn ich Ihnen das Geld gebe, hören wir auf Freunde zu sein.«

»Unsinn!«, rief Clemens achselzuckend aus. »Was Sie für enge Begriffe, für kleinliche Besorgnisse, für spießbürgerliche Ansichten haben!«

»Ja, wir hier in dem kleinen L. halten mehr an der Moral, als Ihr in der Residenz es tun mögt.«

»Ach was, der Champagner schmeckt Euch hier gerade so gut wie uns dort, und wenn Ihr weniger sündigt oder vielleicht auch nur mit weniger Raffinement, so fehlt's mehr an der Gelegenheit als am Willen. Haben Sie Ihre Jugend vergessen oder gehen Sie etwa fort, wenn wir am lustigsten sind? Ich will ja übrigens selber jetzt Philister werden, helfen Sie mir dazu. Ich scheue mich nicht, der Tante zu bekennen, dass ich nichts habe, aber ich möcht's ihr nicht eingestehen, dass ich etwas derangiert bin. Drum möchte ich gern einen anständigen Kerl zum Gläubiger. Dann kann ich sie über mich beruhigen, ohne gerade zu lügen. Ich habe dazu wenig Talent. Das Schleichen und Heucheln verstehe ich nicht und bin lieber besser als mein Ruf, als schlechter.«

»Hm, Ihr Ruf ist eben nicht schlecht und ein guter Kerl sind Sie auch. Wenn Sie nur ein L...er Kind wären!«

»So einer wie der und der und der!«

Clemens nannte in einem Atem ein halbes Dutzend einheimischer Namen, deren Träger den beste Roués der Hauptstadt wenig nachgeben mochten, Lindemann hielt sich die Ohren zu.

»Donnerwetter, die Zunge ist am rechten Fleck, ob das Herz, weiß ich nicht ganz, aber warten Sie«, er nahm seine Taschenkalender heraus und blätterte in demselben, »warten Sie, wann haben wir Mondschein? Zweites Viertel, wissen Sie, ist hübscher als Vollmond. Nächste Woche, gut. Verloben Sie sich erst, dann will ich Ihnen das Flüsschen zeigen, es glänzt wie Silber im Mondschein –«

»Schön, ich will für Silber schwärmen, auch für Gold, geben Sie mir Gelegenheit dazu«, lachte Clemens. »Ich bin ganz in der Stimmung.«

»Wir müssen auf Mondschein und die Verlobung warten, nachher mehr davon«, begütigte ihn der vorsichtige Mann.

Clemens schien auf dem Ball übler Laune zu sein. Er tanzte nicht, schützte einen schlimmen Fuß vor und saß in einer Ecke des Spielzimmers, bis der Kotillon begann. Da begab er sich in den Tanzsaal und setzte sich neben die Tante. Sie wollte ihn mit einer Strafrede begrüßen, er schnitt dieselbe ab.

»Schilt mich so viel du willst, ich werde dir vielleicht gleich noch mehr Veranlassung dazu geben«, sagte er in leisem, nur ihr verständlichem Ton. »Die Wahrheit muss aber heraus, ich kann's nicht länger aushalten. Ich liebe die beiden Mädchen da, Tante!« Er warf einen melancholischen Blick auf Elly und Liddy. »Ihr fahrt morgen nach Gülzenow, ich werde sehen, dass ich hier fortkomme, bis ihr wiederkehrt. Da habe ich dir das Rätsel meiner heutigen schlimmen Laune gelöst. Ich bin ärgerlich auf mich, dass ich nicht früher ging. Da waren mir nur die Flügel angesengt, jetzt stehe ich ganz und gar in hellen lichten Flammen!«

»Für alle beide, Narr, für alle beide?«, rief die Tante erstaunt.

»Wundert dich das? Ist ein Unterschied zwischen beiden? Ich liebe Elly, ich liebe Liddy.«

»Und möchtest sie beide heiraten, du Türke!«, unterbrach ihn Frau von Fuchs.

»O nein, eine von ihnen könnte mich zum seligsten Geschöpf unter der Sonne machen, aber – aber – –«

»Aber?«, wiederholte die Tante.

»Ich bin arm!«, sagte er niedergeschlagen. »Man macht in meinem Fach sehr langsam Karriere. Bis ich eine Frau ernähren kann, ist die Jugend dahin. Bah, ich kann Hagestolz werden und studiere schon jetzt an Freund Lindemann, wie der Philister sich gerieren muss.« Er lachte bitter.

»Du musst ein reiches Mädchen heiraten«, sagte die Tante lauernd.

»Die ich liebe, ist aber arm«, entgegnete er.

»Du bist auch wohl zu stolz, deine äußere Lage deiner Frau verdanken zu wollen.«

»Wenn man liebt, wo bleibt da der Stolz!«, sagte er innig. »Liebe löscht jeden Funken von Eigennutz aus, nur der kalte Egoist berechnet. Ich würde nie ein Mädchen heiraten, weil es reich ist, aber hindern sollte mich der Reichtum nicht. Was hat er zu bedeuten? Er ist Mittel zum Zweck, er ebnet den Weg zum Ziel, das Ziel selbst schwebt so hoch darüber, wie der Himmel über der Erde.«

»Hast du nie daran gedacht, dass ich die Mädchen reich machen kann?«, fragte die Tante.

»Daran gedacht wohl, aber immer wieder den Gedanken weit fortgeschoben«, gestand Clemens in seiner unwiderstehlich treuherzigen Weise, die so wie die tiefste Wahrheit klang. »Hasso ist ja doch der Erbe von Gülzenow und es wäre wider alle Familienpietät und Tradition gehandelt, ihm das Gut zu geben ohne die Mittel, es zu erhalten. Sollte es in fremde Hände kommen? Hasso muss, und mit Recht, auf Berücksichtigung rechnen. Tante, das ist nur so meine und der Welt Meinung«, setzte er begütigend hinzu, als die Tante nach dem Haubenband griff. »Hasso hat nie ein Wort darüber gesagt.«

»Zu mir wenigstens nicht; was er mit Ursula spricht, weiß ich nicht; doch lassen wir das jetzt«, erwiderte sie. »Du närrischer Mensch! Weißt also wirklich nicht, welche du am meisten liebst? Ei, wenn nun Liddy reich wäre und Elly arm?«

»Dann Elly!«, rief Clemens. »Oh, ich fühl's, dann nur sie!«

Die Tante sah ihn wohlgefällig an.

»Nein, es soll aber Liddy sein. Elly hat den Leberfleck, an der andern ist kein Fehler. Hörst du? Liddy! Du hast gesagt, du weißt nicht, welche du liebst. Es kommt mir zwar kurios vor, aber die Mädchen sind einander so gleich, es lässt sich denken. Also Liddy.«

»Tante!«, stammelte Clemens.

»Ich werde dein Fürsprecher sein, und dass du sie heiraten kannst, dafür werde ich sorgen. Ich glaube, du bist uneigennützig, ich weiß es. Oh, wenn man einmal betrogen ist, lernt man wohl seine Leute kennen. Du hast dir wahrhaftig nie Mühe gegeben, mir zu gefallen, deshalb bist du mir schnell lieb geworden.«

»O Tante!« war wieder nur alles, was Clemens hervorstammeln konnte.

»Es ist gar nicht die Rede davon, dass ich den beiden kleinen Dingern mein Geld hinterlassen wollte«, fuhr sie immer in derselben polternden Weise, wenn auch in Rücksicht auf den Ort, an dem sie sich befanden, mit gedämpfter Stimme fort. »Gar nicht die Rede davon. Ich wollte sie nicht zu Erbinnen machen, es kommt nicht viel Glück dabei heraus. Jetzt, jetzt freilich könnte ich's ohne Gefahr tun.«

»Tante, halte das, wie du willst. Gott erhalte dich uns noch lange. Du bist die Schöpferin meines Glückes« – Rührung erstickte seine Stimme.

Er erhob sich schnell, trat in den geschlossenen Kreis des Kotillons und forderte Liddy zu einer Extratour auf. Er flog mit ihr durch den Saal. Sein starker Arm umschloss ihre zarte Taille, seine Hand hielt die ihre krampfhaft fest. Als er sie auf ihren Platz geleitet, einen langen innigen Blick auf sie warf und wortlos den Saal verließ, fragte sie sich ängstlich: »Mein Gott, was war ihm? Weshalb sah er mich so an? Warum tanzte er nicht auch mit Elly?«

Die jungen Mädchen waren am nächsten Morgen sehr früh auf, obgleich die Reise erst um neun Uhr angetreten werden sollte. Sie warteten mit dem Frühstück auf die Tante. Ursula und Rose saßen schon am Kaffeetisch und neckten die Schwestern, dass sie so wenig vom Ball zu erzählen wussten.

»Das ist die Reisefreude, sie sind schon in Gülzenow«, scherzte Rose, aber Ursula schüttelte bedenklich den Kopf, als wollte sie sagen: »Das ist es nicht, leider, leider ist es das nicht.«

Die Schwestern hatten Roses Neckerei nicht gehört, ahnten nichts von Ursulas Bedenken, sie standen mit verschlungenen Armen am Fenster und blickten in den grünwerdenden Kastanienbaum vor dem Hause, in dem die Spatzen ihre Freude über den vegangenen Winter auszwitscherten. Da trat die Tante eifrig ein. Ihr Geheimnis hatte sie die ganze Nacht geplagt und gedrückt. Sie hatte vor Herzklopfen nicht schlafen können, hatte die ganze Nacht in Gedanken Verlobung und Hochzeit gefeiert, ihr Testament entworfen, geändert und wieder entworfen. Sie war unruhig und liebte Gemütsaufregung doch gar nicht. Sie trat mit dem Entschluss ein, Liddy ihr Glück mitzuteilen, sie noch vor der Abreise mit Clemens zu verloben, und rieb sich still vergnügt die Hände in dem Gedanken, dass er ihnen dann schnell genug nach

Gülzenow folgen würde. Tausend verschiedenartige Pläne durchkreuzten ihren Kopf. In dieser Stimmung trat sie ins Frühstückszimmer.

»Liddy, mein Kind, komm her«, sagte sie zu dieser, nachdem der allgemeine Morgengruß ausgetauscht war, »ich habe dir was Gutes mitzuteilen. Es schadet wohl nichts, wenn's die anderen hören, auch Dorn mag drin bleiben, es wird es ja bald die ganze Stadt wissen. Wir werden bald eine kleine Braut im Hause haben und das wirst du sein, Clemens bittet um deine Hand. So, nun ist's raus, gottlob! Lass dich küssen und dir Glück wünschen.«

Liddy war leichenblass geworden. Auf Rosens Lippen schwebte ein Ausruf tödlichen Schreckes. Ursula war fast nicht minder erschrocken, nur in Ellys Augen leuchtete ein heller Freudenstrahl.

»Nun?«, wiederholte die Tante und sah Liddy erwartungsvoll an.

»Nein, ich werde ihn nicht heiraten«, entgegnete diese mit jetzt hocherglühenden Wangen, »ich werde gar nicht heiraten, ich will mich nicht von Elly trennen.«

»Dummes Ding, was hindert dich mit ihr zusammenzubleiben? Clemens geht nicht mit dir aus der Welt. Du wirst sie täglich sehen, und wenn ich tot bin, kann sie in deinem Hause leben.«

»O nein, nein, das würde sie nicht wollen – nicht können«, entgegnete Liddy ganz leise.

»Warum nicht, Liddy?«, sagte Elly und umschlang die Schwester herzlich. »Ich werde sehr glücklich sein, wenn du es bist, ich könnte mir nichts Schöneres denken, als Zeugin deines Glückes zu sein. Weise Clemens nicht ab. Mache ihn nicht unglücklich. Das verdient er nicht, und du hast ihn ja auch lieb!«

»Elly hat recht. Sie ist viel vernünftiger als du, wozu die Ziererei!«, brauste die Tante auf.

»Ich kann nicht sagen, warum ich ihn nicht heiraten will«, sagte Liddy, presste die gefalteten Hände an ihre Brust und sah hilfeflehend die Tante an. »Ach, wenn er doch um Elly geworben hätte, wie glücklich würde ich sein! Er hat Elly so lieb, wie fiel es ihm nur ein, meine Hand zu wollen?«

»Es ist ihm nicht eingefallen, ich habe es so bestimmt«, platzte die Tante heraus. »Er ist gerade ein solcher Affe wie ihr, er liebt euch beide und weiß nicht, welche am meisten. Da habe ich Liddy bestimmt, und er war's zufrieden, und dabei bleibt es.«

»Er weiß nicht, welche er liebt? Das weiß er nicht? Tante, dann liebt er keine von uns, keine«, sagte Liddy mit größter Bestimmtheit, und Elly setzte hinzu:

»Ein Bruder kann seine Schwestern gleich lieben, Clemens liebt uns nur wie ein Bruder.«

Eine schwere Last fiel von Rosens Herzen.

»Ihr drolligen Dinger nehmt das viel zu wichtig«, meinte die Tante, halb und halb geärgert durch den unerwarteten Widerstand. »Diese feinen Nuancen sind alle Unsinn. Man liebt oder man liebt nicht, einen andern Unterschied gibt es nicht.«

»Aber, Tante!«, sagte Liddy.

»Grünschnabel!«, fuhr die Tante sie an.

»Wenn man nicht weiß, wen man liebt, liebt man nicht«, erklärte Elly.

»Was ihr klug seid, auf einmal!«, höhnte die Tante.

Rose hörte dem Gespräch mit größter Spannung zu. Wenn die Tante Liddy das Jawort entpresste, was sollte sie tun?

Warnen? Ihre ganze Seele sträubte sich dagegen und doch – – »Wir haben unsern Beschluss gefasst, keine von uns heiratet Clemens«, sagte Liddy.

»Nein, keine von uns«, setzte Elly hinzu.

»Wir heiraten überhaupt nicht«, versetzten sie beide.

»Ihr seid verrückt!«, schrie die Tante sie an. »Alberne Zierliesen seid ihr, weiter nichts! Ärgern wollt ihr mich. Geht zum Henker!«

»Tante, versteh sie doch«, bat Ursula, »denke doch daran, wie eins sie sind. Es will keine ein Glück, das die andere nicht teilen kann. Lass sie doch ihrem sichern Kinderinstinkt folgen. Ich muss dir sagen, dass auch ich Clemens nicht verstehe. Es ist unmöglich, dass er nicht weiß, welche er vorzieht. Weshalb aber eine von ihnen heiraten, wenn er keine liebt? Es ist keine eines Ministers Tochter, und den Gesandt-schaftsposten könntest auch du ihm nicht verschaffen.«

»Gerade dass er seine ehrgeizigen Pläne aufgegeben hat, ist mir ein Beweis seiner Liebe«, eiferte sich die Tante. »Sein Gesandtschaftspo-sten ist im Monde, das weiß er recht gut, wo aber Hassos Urwald liegt, weiß ich auch, da soll mir keiner ein X für ein U machen, und die Bibliothek wird wohl nicht weit davon sein!«

Ursula wendete sich tief verletzt ab. Der Tante schien zu heiß zu werden. Sie lief ans Fenster und öffnete es.

»Die verfluchten Spatzen!«, schimpfte sie und schlug es wieder zu. Ursula stand bei den Schwestern und liebkoste sie.

»Das hängt zusammen wie die Kletten«, murmelte Rosine, »wenn's gegen mich geht, steht keiner auf meiner Seite.« Sie trat hart auf die Schwestern zu. »Nicht einen Groschen von meinem Vermögen bekommt ihr, wenn nicht eine von euch den Clemens heiratet. Ihr wollt es nicht, nun gerade sollt ihr es tun!«

Liddy und Elly starrten sie erschrocken an.

»Tante, damit wirst du sie nicht umstimmen«, sagte Ursula ernst, und ihr verletztes Gefühl sprach sich in Ton und Miene aus. »Das ist keine Lockung für sie. Herzen lassen sich nicht kaufen. Reichtum hat sehr wenig Wert, wenn er gegen das Glück in die Waagschale geworfen wird.«

»Du philosophierst sehr uneigennützig«, höhnte die Tante, und sich brüsk abwendend, setzte sie, zwischen den Zähnen murmelnd, hinzu, »philosophieren, intrigieren, spekulieren, das reimt sich alles vortrefflich.«

Die Schwestern hatten es nicht gehört. Indem rollte der omnibusähnliche Wagen vor die Tür, in welchem die Tante, allen Eisenbahnen zum Trotz, die Reise zurücklegen wollte. Auch Hasso kam und Clemens, Letzterer ahnungslos, dass und in welcher Weise seine Sache geführt worden war. Die kleine Gesellschaft stiebte auseinander. Im letzten Moment hatte noch jeder mit Reisevorbereitungen zu tun, und die allgemeine Geschäftigkeit deckte am besten die allgemeine Verstörung. Nur mit wenigen Worten konnte Rosine ihrem Schützling von der Hoffnungslosigkeit seiner Aussichten berichten. Er erschrak sichtlich. Er biss die Zähne zusammen, aber er war zart genug, der Tante keinen Vorwurf zu machen, ja, er tat, als nähme er es auf die leichte Achsel.

»Ich verzage nicht«, sagte er, »sie lieben mich.«

»Beide, das ist es eben, darum will dich keine. Warum hast du denn beide erobert, wozu?«, fuhr Rosine ihn etwas barsch an.

»Ist das meine Schuld, sind sie zu trennen? Sollte ich zwiespältiges Empfinden unter sie bringen, dann hätte ich sie noch sicherer verloren«, verteidigte sich Clemens.

»Und nun, was hast du nun? Sie sind entschlossen, dir zu entsagen.«

»Ein in Schreck gefasster Entschluss, den die Liebe besiegen wird. Lass mir und ihnen Zeit, Tante, und schüchtere sie nicht ein. Ich gebe Liddy nicht auf.«

»Also Liddy?«, fragte Rosine.

»Ja, Liddy. Und Elly wird meine beste Bundesgenossin sein«, versicherte Clemens.

»Nun, Glück zu, und wenn's dir fehlschlägt, mein Junge – es soll mehr ihr als dein Schaden sein.«

Er drückte der Tante mit einem warmen Blick die Hand, der Diener meldete, dass alles eingepackt sei, Hasso und Ursula kamen gleichfalls die Tante zu holen. Rose, Liddy und Elly waren schon hinuntergegangen.

Man konnte nicht unbefangener erscheinen, als Clemens beim Abschiede, man konnte nicht unbefangener sein, als Hasso, der von den Vorfällen des Morgens nichts ahnte. Es war ein Glück für alle. Die betrübten Herzen der Zwillinge fingen an in neuer Lebenszuversicht zu schlagen, Ursula vergaß das Grübeln über dem Schauen, und auch Rosen war zumut wie einem dem Käfig entronnenen Vogel, der, erst zaghaft die Schwingen prüfend, sich plötzlich seiner Kraft bewusst wird, sie nun fröhlich regt in hoffendem Vorgefühl wiedererlangter Freiheit und sein bestes, schon halb vergessenes Lied wieder anstimmt.

Zur Mittagszeit des zweiten Reisetages kamen sie in Gülzenow an. Ein herrlicher Frühlingstag, so einer, der jubelnd ins Herz lacht, und an dem man es sich gar nicht vorstellen kann, wie die Erde ohne den grünen Frühlingsschleier ausgesehen hat, dessen leichtes Gewebe überall von Funken goldenen Sonnenlichts durchblitzt wird. Selbst das graue Schloss sah jugendlich aus und der steife alte Garten machte den Eindruck, als lache eine Matrone aus Kinderaugen. Der Verwalter, der von der Ankunft der Reisenden benachrichtigt worden war, hatte sein Möglichstes getan, die Räume wohnlich herzustellen, dennoch fehlte es überall an dem gewohnten Komfort. Manches Stück der Einrichtung war mit Tante Rosine in die Stadt gewandert und nicht wieder ersetzt worden. Wozu auch? Seit dem Tode des vorigen Besitzers war das Schloss unbewohnt, und die hohen öden Räume machten einen fast unheimlichen Eindruck.

Die Tante schauerte zusammen, als sie über die Schwelle schritt. »Solch leerstehendes Haus ist wie ein Grab«, sagte sie.

»Oder wie ein altes Buch«, entgegnete Ursula, »hier und da fehlt ein Blatt, ist eine Seite zerrissen, aber etwas steht auf jeder.«

»Lies nur, du wirst nicht viel Gutes herauslesen«, meinte die Tante. Sie ging raschen Schrittes durch die Zimmerreihen, an jedes einzelne fast knüpfte sich eine Erinnerung.

»Hier stand meiner Mutter Sarg, in diesem Gemach ist mein Vater gestorben. Ich war fern, zum ersten Male seit Jahren abwesend, da gerade musste er sterben. Hier auf dem Balkon sah ich meinen verstorbenen Mann zum ersten Male. Er war nicht hübsch, und keiner außer mir fand ihn liebenswürdig. Ich war auch nicht hübsch und wurde auch nicht liebenswürdig gefunden. Ich war mir bewusst, dass ich deshalb doch liebeberechtigt und liebebedürftig war, warum sollte er's nicht auch sein? Wir passten zusammen. Sie sagten alle: ›Du wirst ihn doch nicht heiraten?‹ Ich tat es nun gerade. Wir passten doch nicht zusammen. Ich hatte ihn lieb und er heiratete mich ums Geld. Ums Geld!«, wiederholte sie und trat energisch mit dem Fuße auf, während sie einen herausfordernden Blick auf die Geschwister schleuderte.

Sie hatte noch nie über ihre Vergangenheit gesprochen. Die Art, wie sie es tat, schloss eigentlich jede Erwiderung aus, dennoch sagte Hasso: »Du hättest nicht mit uns herreisen sollen, wenn's dir so weh tut hier zu sein.«

»Auf einer Stelle, auf der andern nicht«, entgegnete sie. »Es gehen auch andere Geister hier um. Ich sehe dort unten im Garten ein wildes Kind durch die Gänge toben, das Kind bin ich. Ihr Stadtkinder, ihr wisst gar nicht, was Vergnügen ist. Ihr verzierten zimperlichen Affen mit euren Strohdächern von Hüten auf dem Kopf, die keinen frischen Luftzug an die Wange lassen, keinen Sonnenstrahl ins Antlitz. Da, Sommersprossen wie Sand am Meer und die Hände braun gebrannt, die unbedeckt nach der Freude greifen und der strengen Gouvernante ein Schnippchen schlagen! Spazieren gehen mit ihr? Gerade nicht. Lange Kleider tragen wie eine Dame, tanzen lernen, französische Konversation machen, englische Bücher lesen! Wozu das alles! Kinder, ich wuchs so frei auf wie die Rebe am wilden Wein, ich war ein glückliches Kind und ich war lange ein Kind, und als ich die Erwachsene spielen sollte, tat ich's gerade nicht. Ich riss mir noch die Kleider in Fetzen am Brombeergesträuch und trat mir die Schuhe schief mit achtzehn Jahren. Clemens' Vater, mein bester Jugendkamerad, pflegte zu sagen: ›Du bist eine wilde Range, Rosine, bist ein obstinates Geschöpf und zum Heiraten nicht zu brauchen, aber gut muss man dir doch sein.‹ Nun, ich war ihm auch gut, bin's ihm heute noch. Wir haben manchmal Anschlag, Ball und Reifen zusammen gespielt.«

Ein paar Wochen vergingen schnell. Durch die sonst so stillen Räume hallten jugendliche Schritte und junge Stimmen sangen mit den Vögeln draußen um die Wette. Die Schnepfe zog und sie zog Hasso mit dem Jäger in den Wald, den schönen stillen Wald voll Feiertagsruhe und Frühlingsandacht. Auf den Feldern regte sich Leben, Frühlingstätigkeit und Arbeit. Hasso war überall dabei und behielt doch noch Zeit genug für die Stunden am Kaffee- und Teetisch der Tante und die tausend Anforderungen der jungen Mädchen, die seine Begleitung bei den Streifereien durch Feld und Wald wünschten.

Welch ein anderes Leben und Treiben war doch auf einmal über den stillen Ort gekommen! Helle Gewänder leuchteten durch die dunklen Hecken des Gartens, freundliche junge Gesichter blickten in die Hütten des Dorfes und woben das Band wieder fest, das die lange Abwesenheit der Herrschaft gelöst und zerrissen.

Joseph vollends war glücklich, die jungen Herrschaften so herangewachsen zu sehen, und sprach seine Hoffnung aus, sie möchten bleiben, nun immer bleiben.

»Es geht hier gar zu bunt zu, es ist eine Sünde und Schande, wie die gnädige Frau betrogen wird« – aber Hasso legte ihm Stillschweigen auf.

»Wir wollen jetzt nicht darüber sprechen«, sagte er, »es lohnt nicht anzuklagen, wen man nicht überführen kann. Ich bin jetzt nur Gast hier, gebe Gott, dass ich's durchsetze, bald etwas anderes hier zu sein.«

»Herr?«, fragte Joseph entzückt.

»Nicht doch, meiner Tante Verwalter«, entgegnete Hasso.

Die leichte Herzenswunde der Schwestern heilte und der Frühling streute Blüten über die Narbe. Von Rosens Stirn wich das Nachdenken, das Clemens' Werbung und der kleine Frühlingssturm, den sie bei den Zwillingsschwestern erregte, hervorgerufen, es war alles wieder Harmonie, Friede, Glück und Frühlings- wie Lebensfreude. Aber nicht alle

Blüten, die der Lenz hervorruft, reifen zur Frucht, zahllose streift der Wind von den Zweigen, und der Wind ist da und Sturm geworden, noch ehe die vom Glück Berauschten die erste Wolke am Horizont gewahrten.

Ursula saß in ihrer Stube. Der altväterliche Schreibtisch des Urgroßvaters, den Tante Rosine ihr zur Benutzung zugewiesen, war mit Papieren und Büchern bedeckt, letztere aus der Bibliothek, die Ursulas strebsamem denkendem Geist manchen Schatz in altertümlichem Einband und auf vergilbten Blättern offenbart hatte. Die Schubkästen des Tisches enthielten Familienpapiere, Briefe während des Siebenjährigen Krieges geschrieben, Kabinettsordres des großen Königs, kurz, manches der Aufbewahrung werte Dokument, manchen Beitrag zur Geschichte der Vergangenheit, wenn auch nur der Familiengeschichte der Fuchse. Dergleichen Fäden sind doch immer Fäden aus dem Gewebe des Weltganzen und der Geist versucht zusammenzufügen, was die Zeit in scheinbar zerstörender Laune verändert und verwandelt.

Tante Rosine hatte dem Mädchen die Einsicht in die Papiere erlaubt. Sie war guter Laune und kam den Wünschen Ursulas zuvor. Sie neckte sie sogar mit ihrer Passion für alte Chroniken, nannte sie einen Aktenwurm und meinte, es wäre ihr überdies lieb, wenn der alte Kram geordnet und das Wertlose verbrannt würde.

Ursula war ganz vertieft in ihre Arbeit. Nur manchmal warf sie einen Blick durch die weit offenstehenden Fensterflügel nach dem Lindenbogengang, in dem Hasso und Rose lustwandelten. Seit sie in Gülzenow waren, erschien Rose mit jedem Tage frischer, lebensfroher, und manches kleine Bedenken, das im Herzen der besorgten Ursula aufgestiegen, schwand wieder und machte fröhlichen Hoffnungen Platz, nicht minder lebhaft und warm empfunden, weil sie sich nicht an ihr, weil sie sich an Hassos Glück anknüpften. Vom Saale her tönten Liddys und Ellys Stimmen in anmutigem Zwiegesang. Sie empfand mehr die Musik, als dass sie darauf hörte. Sie fühlte nur ihre Seele getragen weit über die Vergangenheit hinweg, in deren zerstreuten, abgerissenen Überbleibseln sie kramte. Aber dann schwieg auf einmal die Musik. Ein Wagen war vor das Portal gerollt, ein Herr ausgestiegen, es war Clemens. Wenige Minuten darauf stand er im Zimmer der Tante. »Ich konnte es nicht aushalten, ich bangte mich zu sehr und da bin ich!«, rief er aus.

»Gerade recht, Goldjunge, du hast uns nur noch gefehlt!«, begrüßte ihn Tante Rosine.

Elly und Liddy boten ihm errötend die Hand.

»Mit Erlaubnis, Cousinchen«, sagte er und küsste sie frischweg auf die rosigen Lippen.

Ursula entfaltete eben einen sorgfältig zusammengelegten Bogen, der, nach dem auf demselben verzeichneten Datum und der Überschrift auf der ersten Seite zu urteilen, in eine ganz falsche Mappe unter Papiere, die frühere Pacht- und Kaufkontrakte betrafen, geraten war. Sie las mit der Miene größter Überraschung die Aufschrift und reichte den Bogen dem eben eintretenden Hasso entgegen, eben im Begriff, die Erklärung hinzuzufügen, als der ganz besondere Ausdruck seines Gesichtes ihren Gedankengang zerriss.

»Hast du mit ihr gesprochen, hast du ihr gesagt, dass du sie liebst?«, fragte sie.

»Nein«, sagte er ernsthaft. »Es ist noch nicht Zeit. Ich bin und habe noch nichts, sie hat eine glänzende Laufbahn vor sich –«

»Eine, die sie am ersten sich selber, die sie dir entfremden kann«, unterbrach ihn Ursula.

»Dann hat sie mich nicht so lieb, wie ich's gemeint, wie ich sie habe«, entgegnete Hasso und setzte dann mit einem leichten Seufzer hinzu: »Das weiß ich überhaupt noch nicht, Ursula, und auch das schließt mir die Lippen. Ich habe die Grenze noch nicht erblickt, auf der schwesterliches Empfinden sich von der Liebe der Jungfrau scheidet.«

»Du musst sie ihr zeigen!«, bemerkte Ursula fein.

»Nicht eher, als bis ich ihr die Hand bieten kann, sie hinüberzuführen. Sie vorher fesseln, ihre Unerfahrenheit, die Unkenntnis ihres eignen Herzens zu meinen Gunsten benutzen, nimmermehr. Ach, ich denke manchmal, Liebe ist Überraschung und die Gewohnheit des Liebens schließt jene aus.«

»Hat dich denn das Gefühl überrascht, warst du denn nicht auch daran gewöhnt, sie zu lieben?«, fragte Ursula.

»Doch kam die Überraschung«, entgegnete Hasso. »Als ich sie jetzt wiedersah, war die Kindergestalt in meinem Gedächtnis verwischt und Überraschung löschte die Gewohnheit aus.«

»Nun gut, wer sagt dir, dass nicht auch bei ihr derselbe Wechsel stattfand?«, meinte Ursula. »Du bist zaghaft und misstrauisch, Hasso!«

70

»Nein, mir ist nur ihr Glück teurer als das meine«, versicherte er.

»Du sahst so glücklich aus, als du eintratest«, bemerkte Ursula.

»Ich war es auch«, versicherte er. »Ich bin es jedes Mal, wenn ich diese liebe Stimme gehört, dies holde Antlitz gesehen habe. Oh, wie brennend wünschte ich dann, ich hätte nicht erst Jahre der Arbeit vor mir, eine ihrer würdige Häuslichkeit zu erwerben! Ich denke nicht an Reichtum, Ursula, nur an Sicherheit des Auskommens. Mein Reichtum ist sie und schon die Vorahnung eines solchen Reichtums macht glücklich. Ja reich sein, reich, so reich, meine Seele für diesen Reichtum!«

Das Getöse der heftig ins Schloss fallenden Tür unterbrach seine Ekstase.

»Die Tante!«, sagte Ursula.

Sie hatten alle beide ihr Eintreten nicht bemerkt. Sie kam, von Liddy, Elly und Clemens begleitet, den Hasso und Ursula ebenso wenig gleich bemerkten, als sie die bestürzten, verlegenen Mienen der Zwillingsschwestern gewahrten. Hasso war bestürzt. Er wusste nicht, waren seine Worte gehört, sein Geheimnis verraten?

»Da bring' ich den Clemens!«, sagte die Tante. Jetzt erst gewahrten sie diesen, der sie aufs Unbefangenste begrüßte.

»Wir kommen wohl ungelegen und stören ein geschwisterliches Tête-à-tête, bei dem die verborgensten Gedanken zutage kommen. Weißt du in deinem Alter nichts Besseres zu wünschen als Reichtum?«, fügte sie in geringschätzendem Tone hinzu.

Hasso warf der Schwester einen Blick zu, der ihr die Erklärung von den Lippen abschnitt, so deutlich sagte er: »Gottlob, sie weiß nicht, wovon die Rede ist.« Der Tante erwiderte er:

»Es gibt mancherlei Reichttum, Tante. Er ist nicht immer bloß nach Gold zu rechnen.«

»O nein, auch nach liegenden Gründen, Gülzenow zum Beispiel«, entgegnete sie.

»Jawohl; aber an Gülzenow hatte ich in dem Augenblick nur bedingungsweise gedacht«, sagte er harmlos.

Ursula verstand besser der Tante Empfinden und die Auslegung, die sie Hassos Ausruf gegeben.

»Man weiß doch, wovon ihr sprecht, wenn ihr allein seid«, fuhr Rosine fort, »Hasso hat bisher noch nie mit einer Miene verraten, dass er sich Reichtum wünscht.«

»Ich wünsche ihn mir auch nicht«, sagte Hasso ruhig.

»Tante«, sagte Clemens in harmlosem Tone, »was ist Schlimmes an dem Wunsch? Ich wünsche mir täglich Reichtum –«

»Ja du, du aufrichtige Seele!«, sagte die Tante mit der eigentümlichen Betonung, die Lob für den einen und Tadel für den anderen in dieselben Worte legt.

Eine kleine Pause der Verlegenheit folgte. Ursula hielt noch immer das Dokument in den Händen. Sie hatte es Hasso geben wollen, aber nun sie nicht mehr allein mit ihm war, ging das nicht und sie schob es sacht unter ein Pack anderer Papiere.

Tante Rosinens unruhig umherschweifender Blick bemerkte die Bewegung.

»Was versteckst du da?«, fragte sie heftig. Eine leichte Röte überflog Ursulas Gesicht. »Nichts, Tante«, entgegnete sie, »es ist ein Dokument, das nicht die mindeste Bedeutung hat.«

»Ich werde es aber doch wohl sehen dürfen, gib es her!«, fuhr Rosine gereizt fort.

Ursula gehorchte. Die Tante riss ihr das Blatt mehr aus den Händen, als dass sie es entgegennahm.

»Was ist das?«, sagte sie, es betrachtend und las dann: »›Entwurf zu meinem Testament.‹ – Wessen Testament?«, rief sie hastig aus und blickte nach der Unterschrift. »Joachim Hasso, Freiherr von Fuchs«, las sie. »Der Großvater«, setzte sie murmelnd hinzu. »Ihr beide wisst natürlich, was darin steht?«, fragte sie Hasso und Ursula, wartete aber des Ersteren verneinende, der Letzteren bejahende Antwort nicht erst ab, sondern vertiefte sich aufs Neue in die Betrachtung des vergilbten Bogens. Ihre Augen hafteten starr auf den Zeilen, dann schlug sie die Blätter zurück und begann ihn von Anfang an zu lesen, während die anderen sie in unbeschreiblicher Spannung beobachteten.

»Ein Testamentsentwurf meines Großvaters«, sagte sie endlich, den Bogen wieder zusammenfaltend und Hasso und Ursula mit feindlichen Blicken messend. Sie sprach langsam, aber ihre Lippen zuckten und auf ihrer Stirn zeigten sich die roten Flecken, die bei jeder Gemütsbewegung aufzusteigen pflegten, in erhöhtem Maße. »Ein Testamentsentwurf meines Großvaters, zwei Tage vor seinem Tode geschrieben. Den darin enthaltenen Bestimmungen gemäß ist die weibliche Linie vom Besitz des Gutes, aus welchem mein Großvater ein Lehen gebildet wissen wollte, ausgeschlossen, mein Vater hatte also nach ihm kein Recht, Gülzenow zu verkaufen, sondern es kam nach seinem Tode an dich, Hasso. Da nimm und sieh, was du gegen mich ausrichten kannst.« Sie hielt ihm das Dokument hin.

»Nichts, Tante«, erklärte Hasso ruhig; »das Blatt hat nicht die mindeste gesetzliche Kraft. Es ist nur ein Testamentsentwurf, kein Testament.«

»Aber«, fuhr Rosine in immer größerer Erregung fort, »von meines Vaters Hand und von seinem Todestage datiert, an dem ich leider fern war, steht darunter geschrieben –« Sie hielt Hasso das Blatt vor die Augen, er las, was Ursula schon vorher gelesen, und was sie hauptsächlich bewogen hatte, das Blatt vor Tante Rosinens Augen zu verbergen: »Zu spät. Am Ende meines Lebens fühle ich mich zu schwach, noch selbst den Wünschen meines Vaters nachzukommen. Dir ein Erbteil zu hinterlassen, bin ich nicht berechtigt, Rosine; du müsstest denn als solches die Pflicht ansehen, deines Vaters Versäumnis nachzuholen und deines Großvaters Wünsche zu erfüllen.«

»Das heißt«, sagte Rosine, als Hasso schwieg, »das heißt: Opfere dein Eigentumsrecht und mache Hasso zum Herrn von Gülzenow. Heißt's nicht so? Verstehst du's anders?«

»Nein, Tante«, antwortete Hasso, »es heißt so und deines Vaters Meinung ist nicht misszuverstehen. Dein Recht ist aber ebenso klar als sein Wunsch. Wenn ich mich aufseiten deines Rechts stelle, was willst du tun? Du kannst mich nicht zwingen, von deiner Pietät Nutzen zu ziehen, und wenn du geben willst, es wird keiner da sein, zu nehmen.«

Rosine sah ihn überrascht an, dann überflog ihr Blick die Umstehenden. In den Augen der Schwestern glänzte die warme Mitempfindung für den Entschluss des Bruders, um Clemens' Lippen spielte ein eigentümliches Lächeln und ein rascher Blick streifte die Tante, der zu sagen schien: »Lässt du dich wirklich düpieren?« Ihr Gesicht verfinsterte sich wieder. »Darüber wird dein Vormund entscheiden!«, sagte sie barsch.

»In wenigen Wochen bin ich mündig«, entgegnete Hasso und fuhr dann, sich dem Stuhl der Tante nähernd, in herzlichem Ton fort: »Im

Ernst, Tante, ich verdränge dich nicht von deinem rechtmäßigen Besitz, bei Gott, ich tu's nicht! Mach mich zum untersten Inspektor in Gülzenow, lass mich auf deinem Eigentum und zu deinem Nutzen meine Kräfte verwerten, das wird mich glücklich machen und erfüllt dem Sinn nach doch auch deines Vaters Wunsch. Es ist für meine Zukunft gearbeitet, und was könnte ich denn anderes und besseres tun, selbst wenn ich Herr wäre!«

»Bravo, Hasso!«, applaudierte Clemens. »Das war wie ein großmütiger Mensch und wie ein feiner Diplomat gesprochen, denn du weisest zurück, was dich herabsetzen müsste, und erringst auf dem leichtesten Wege die Erfüllung eines längst gefassten Planes. Ich gratuliere dir, lieber Freund« – er klopfte ihm auf die Schulter –, »der Inspektor ist dir sicher, das kann dir allerdings die Tante jetzt kaum abschlagen.«

»Warum denn nicht? Nun gerade!«, fuhr die Tante auf. »Mit Speck fängt man Mäuse, mit schönen Worten Narren, die Künste der Diplomatie haben nie etwas bei mir gegolten. Ich brauche keinen Diplomaten zum Inspektor. Hm, die Falle war hübsch aufgestellt, Jungfer Ursula, aber das Wild ist eine Katze, und die gehen nicht in Mäusefallen. Such nur weiter in dem Krimskrams von alten Schriften, vielleicht findest du auch noch das wirkliche Testament, das mich auch gerichtlich verjagt, nicht nur moralisch. Oh, jetzt kann ich mir die Passion für das alte Gerümpel erklären, Sie verwünschte alte Jungfer Chronika! Sie mag hier bleiben unter Motten und Spinnen und dem jungen Herrn auf Gülzenow die Wirtschaft führen; ich habe genug von der Fischerei im Trüben und dem Wirken im Stillen!« Sie schleuderte einen wütenden Blick auf das erschrockene Mädchen, das sich ängstlich an Hasso anschmiegte, unfähig ein Wort zu erwidern.

»O Tante!«, riefen Elly und Liddy. »Du bist grausam, du bist ungerecht!« Dabei umfassten sie Rosine mit flehenden Gebärden. Die aber stieß sie erst unfreundlich von sich, dann, als besänne sie sich anders, sagte sie hastig: »Nein, ihr, ihr kommt! Ihr habt keine Schuld an den Intrigen der beiden, ihr könnt bei mir bleiben. Du, Liddy, wirst Clemens heiraten, Clemens wird mein Erbe, wenn sich nicht noch etwa irgendwo ein Testamentsentwurf findet, der auch über mein bares Vermögen verfügt. Kommt, Kinder, morgen reisen wir ab, bis dahin wird uns der neue Herr von Gülzenow wohl beherbergen.«

Sie machte Hasso eine spöttische Verbeugung, dieser war bleich, aber auch stumm wie der Tod. Kein Wort der Erwiderung kam über seine wie der Schwester Lippen, aber als Elly und Liddy von dem Hohn, der Leidenschaft, ja, der Rohheit der Tante verscheucht, zu ihm flüchteten, da schloss er sie fest und innig in seine Arme. »Vierklee!«, lachte Frau Rosine höhnend aus. »Viel Glück für den Finder, mir hat's keins gebracht.« Die Leidenschaft erstickte ihre Stimme, sie bewegte die Lippen krampfhaft, griff mit den Händen in der Luft herum, riss sich dann mit einem kräftigen Ruck die Haube ab, warf sie in die entfernteste Ecke der Stube und verließ das Zimmer.

»Ich will sie nur beruhigen«, flüsterte Clemens und eilte ihr nach.

Einen Augenblick standen die Geschwister wie starr vor Erstaunen, dann sagte Hasso, bemüht einen leichten Ton anzustimmen und die am Boden liegende Haube aufhebend: »Sie flog, getrost, nun geht der Paroxysmus vorüber, nun wird sich bald wieder mit der Tante reden lassen und alles wieder gut sein.«

Aber es wurde nicht so bald wieder gut, und die mit ihr redeten, waren andere, gewaltigere Stimmen, als sie aus irdischen Kehlen hinüberklingen, von Seele zu Seele Verständnis wecken und vermitteln, und ein Dasein ans andere knüpfen mit unsichtbaren Fäden, die reißen und halten und wieder angeknüpft werden, nichts bedeuten und alles, und deren Echo in der weitesten Vergangenheit und fernsten Zukunft widertönt.

Der furchtbaren Aufregung der Dame machte diesmal keineswegs der Fall der Haube ein Ende, eine tiefe Ohnmacht folgte, die ihre Umgebung in die höchste Angst versetzte, und aus der sie keineswegs zu veränderter Gemütsstimmung zu erwachen schien. Sie war nicht zu bewegen, zu Bett zu gehen, verlangte allein gelassen zu werden und nickte verdrießlich, als Dore erklärte, sie sei niemand, und sich mit ihrem langen Strickstrumpf in die entfernteste Fensterecke setzte.

Es war noch früh am Tage, Mittagszeit noch nicht vorüber. Die Tante wandelte mit langen Schritten im Zimmer auf und ab, dann schickte sie Dore fort und ließ Clemens rufen. Wohl eine Stunde blieb er bei ihr, dann kam er mit verstörten Zügen wieder heraus. Er stürzte zu Hasso und zog ihn in eine Ecke.

»Ich schieße mir eine Kugel vor den Kopf, wenn sie mich zum Erben einsetzt«, sagte er gepresst, »und doch mit ihrem Wahlspruch: ›gerade und gerade nicht‹, ist sie's imstande. Warum habt ihr sie doch so misstrauisch gemacht?«

»Womit?«, fragte Hasso. »Keines von uns hat ihr je ein falsches Gesicht gezeigt.«

»Aber ihr habt sie nicht behandelt. Menschen mit ihren Eigentümlichkeiten müssen behandelt werden!«, fuhr Clemens fort.

»Tatest du das, und wohin führte es?«, fragte Hasso.

»Bei Gott, ich habe nie den Uneigennützigen gegen sie gespielt«, versicherte Clemens, »aber ich habe kein Recht an sie und deshalb habe ich ihre Gunst.«

»Nun, so nimm sie als dein Recht, am Ende ist sie auch das beste Recht«, sagte Hasso freundlich. Es war kein Argwohn in seiner Seele.

»Die Schrift, die Ihr gefunden, sichert dir wenigstens Gülzenow«, fuhr Clemens fort.

»Und das spart dir die zweite Kugel«, scherzte Hasso in dem freundlichen Bemühen, den im höchsten Grade aufgeregten Menschen zu beruhigen.

»Aber, Hasso, begreifst du denn nicht meine Lage?«, rief Clemens halb unwillig aus.

»Gewiss«, sagte Hasso nun wieder ruhig, »doch Dinge, die man nicht ändern kann und an denen man unschuldig ist, die muss man von der besten Seite nehmen.«

»Wenn Liddy wenigstens meine Liebe erwiderte, ach, ihr Widerstand trägt auch viel Schuld, und ich habe den Mut verloren, ihn zu brechen.«

»Lass das, das Mädchen hat recht, in diesem Punkt verstehe ich dich auch nicht«, sagte Hasso.

»In diesem Punkt hat mich die Tante am allerschlechtesten verstanden und mein Empfinden sehr falsch interpretiert. Doch das ist nun vorbei, zu spät und nicht wiedergutzumachen«, sagte Clemens düster.

»Du hast recht«, erwiderte Hasso, »und wenn du diese Geschichte auf sich beruhen lässest, so ist es gewiss das Beste. Die Schwestern sind ein Paar Sympathievögelchen; fliegt das eine fort, das andere würde sterben. Was das Übrige betrifft, die Erbschaft – fürs Erste wollen wir uns getrösten, dass die Tante nicht tot ist und noch lange leben kann, und dann – auf Ehre! – das Geld ist dir gegönnt. Ich habe meinen

Urwald und meine Axt sicher und wo ich mir eine Lichtung haue, da wird auch Platz für die Schwestern sein.« –

Tante Rosine saß an ihrem Schreibtisch, sie hatte soeben ein Billet geschrieben, gesiegelt, und befahl Doren nach Johann zu klingeln. Bald darauf sah man die alte Kutsche des verstorbenen Herrn hinausrasseln. Als sie aus dem Gesicht war, setzte sich Rosine wieder zum Schreiben hin. Sie schien ruhiger geworden, die Röte auf ihrer Stirn war verblichen, nur hin und wieder seufzte sie tief auf, als werde ihr das Atmen schwerer als gewöhnlich. Nichts unterbrach die Stille als das Kratzen der Feder auf dem Papier und hin und her das Zusammenschlagen der Stricknadeln an Dorens großem grauen Strumpf.

Unheimliche Geister schienen in das Schloss eingezogen zu sein. Wo war die frohe Stimmung geblieben, die ruhige Behaglichkeit der vergangenen Tage? Nach ein paar langsam dahingestrichenen Stunden kehrte die Kutsche von der Ausfahrt zurück und zwei Herren stiegen aus und wurden zu Tante Rosine gelassen. Den einen kannten die Geschwister von einem Besuch her, den er einmal in L. bei der Tante geschäftlicher Angelegenheiten wegen abgestattet. Es war ein Rechtsanwalt aus der benachbarten Stadt, ein früherer Bekannter der Gülzenower Herrschaft. Nun wurde auch Dore aus dem Zimmer entfernt. Es zweifelte wohl keiner, was sich drinnen begab, aber nur auf Clemens' Antlitz, an seinem Wesen verriet sich etwas von innerer Unruhe. Nach Verlauf einer Stunde etwa wurde Dore zur Tante gerufen, aber nur um Ursula mitzuteilen, dass die Herren zur Nacht bleiben würden, und Hasso zu ersuchen, die Honneurs des Hauses zu machen. Das war keine so leichte Aufgabe, und obgleich es dem Rechtsanwalt und seinem Begleiter nicht an gewandter Weltbildung fehlte, die auch Clemens in hohem Grade besaß, wenn er sie geltend machen wollte, und die bei allen Übrigen durch eine glückliche Unbefangenheit ersetzt wurde, so war doch die schwüle Stimmung nicht ganz zu bemustern, und selbst der singende Teekessel und die Flammen des Kamins, die trotz der Frühlingsluft draußen in den hohen gewölbten Räumen noch kaum entbehrt werden konnten, lockten die geflüchteten Geister harmloser Laune nicht herbei.

In dem Zimmer der Tante unterbrach Dore das Stillschweigen. »Ich kann mir denken, was Sie getan haben«, sagte sie. »Hat es Ihnen Ruhe gegeben?«

»Nein«, fuhr die Dame sie an.

»Dann ist's nicht richtig damit, sonst würden Sie Ruhe haben. Wenn man sein Haus bestellt hat, hindert keine Sorge das Einschlafen, wenn auch der Schlaf noch lange nicht kommt. Hier bleibt er hoffentlich auch noch lange weg.« Die Alte sprach mit gedämpftem Ton und über das harte runzelige Gesicht flogen Schatten der Wehmut. Frau von Fuchs sah es und wurde gerührt.

»Ich habe dich nicht vergessen, alte Seele«, sagte sie weich.

»Ach was, an mir ist nichts gelegen«, brummte Dore.

»Ja, ich weiß, du bist uneigennützig, du lauerst nicht auf meinen Tod.«

»Wer tut's?«, fragte Dore heftig.

»Der, der seine Seele für Reichtum einsetzen möchte, aber immer so tat, als sei die Welt ein Urwald und sein höchstes Vergnügen, sich mit der Axt einen Weg hindurch zu bahnen. Sie, die nicht ruhte, bis sie unter dem alten Kram wirklich das Papier gefunden, von dem die Leute immer behaupteten, es sei da, was ich nie glauben wollte. Diese beiden, die es so sehr hierherzog nach dem alten Eulennest; nun mag der Hasso sehen, wie er damit fertig wird. Eine Missernte, die unvermutete Kündigung einer Hypothek, und er kann sehen, was er mit der Verschreibung des Großvaters ausrichten wird. Er bekommt keinen Groschen von mir, nicht einen Pfennig mehr, als meines Vaters Worte für ihn bewirkt haben.«

»So werden's also Elly und Liddy haben?«, fragte Dore.

Die Tante schüttelte heftig den Kopf. »Sie stehen nicht zu mir, sie stehen zu den Geschwistern. Was diese trifft, mag auch sie treffen.«

»Nun, so hol mich der ...«, polterte Dore heraus. »Sie werden doch nicht den Herrn Referendarius zum Erben eingesetzt haben?«

»Was geht's dich an, was hast du dagegen?«, fragte Rosine.

»Der Herr Referendarius, der nicht wusste, was sonst jeder Christenmensch mit fünf Sinnen wissen muss, welches von den hübschen Kindern er lieben sollte, nur weil er's in jedem Fall der Frau Tante recht machen und Gunst und Erbschaft sicher haben wollte –«

»Boshafte Auslegung!«, unterbrach sie die Tante.

»Der Herr Referendarius«, fuhr Dore fort, »dem der vorsichtige Herr Lindemann die dreitausend Taler nicht eher pumpt, als bis die Verlobungsanzeige in den Schuldschein gewickelt werden kann –«

»Was redest du da? Was hast du dir für Unsinn aufbinden lassen?«, unterbrach sie abermals die Tante, und abermals fuhr Dore in derselben Weise fort:

»Der Herr Referendarius, von dem der grobe Witz stammt, dass, wenn der verstorbene Herr Major nicht ein solches Weib gewesen wären, die gnädige Frau nicht ein solcher Kerl sein würden –«

»Wann, wo hat er das gesagt? Woher weißt du diese Impertinenz?«

»Die noch dazu hinkt«, fuhr Dore fort, »denn ein paar forsche Redensarten wie ›geh zum Henker‹ oder ›hol dich der Teufel‹ machen noch den Mann nicht aus, höchstens ein Mannweib, das zwar schimpfen und sich rühmen kann, sich aber doch durch eine glatte Zunge übertölpeln lässt.«

»Dore, aus dem Zimmer, aus dem Dienst!«, schrie die Tante sie an. »Ich habe genug von deiner Grobheit!«

Dore strickte ruhig fort.

»Wann, wo hat er das gesagt, woher hast du es erfahren?«, fuhr die Dame heftig fort.

»Na, wozu ist denn die Klatscherei in der Welt?«, meinte Dore naiv. »Und wenn solcher Herr sich nicht scheut, solche Reden an offener Wirtstafel zu führen, himmlischer Gott, da gibt's Ohren genug, die's hören, und Zungen genug, da es weiter tragen. Das vom Herrn Lindemann steht hier, und ich muss es nur gestehen, ich habe das Billet gestohlen, für alle Fälle, man kann nicht wissen!«, fuhr Dore fort und holte aus ihrem Strickbeutel ein zusammengefaltetes Papier hervor und gab es Rosinen. »Was ist er so nachlässig und kramt seine Brieftasche auf dem Tisch aus, wenn er solche Dinge drin hat! Ich fand's beim Staubwischen und guckte hinein und dachte, das könnte am Ende die Grube werden, in die er selber hineinfällt, wenn er sie für andere fertig gegraben.«

Während sie so fortschwatzte, hatte Frau von Fuchs das Billet gelesen.

»Also auch er falsch!«, sagte sie tonlos. »Natürlich, er ist ja auch mit mir verwandt.«

»Auch er falsch? Nur er!«, verbesserte Dore, aber Rosine hörte nicht darauf.

»Dore, ich werde dich zur Erbin einsetzen«, fuhr die Dame auf einmal aus ihrem Sinnen auf.

»Tun Sie's, dann ist's dem Hasso sicher«, sagte Dore unbesonnen.

»Ihr seid alle wie verhext. Der Hasso, der Hasso! Das ist dein und Leos und auch des Clemens drittes Wort. Alte, er ist doch nicht falsch. Hättest du gehört, wie er für Hasso sprach –«

»Der Schlaukopf!«, sagte Dore indigniert. »Er sprach für den Hasso, und Sie? Sie sagten: ›Nun gerade nicht.‹ Sehen Sie, das ist ja Ihr Narrenseil, an dem Sie jeder herumführen kann, der unehrlich genug ist, Sie daran anzufassen.«

Die Dame sah sie groß an. War ihr die Wahrheit von Dorens Worten einleuchtend? Sie seufzte auf.

»So hol euch alle der Henker!«, fluchte sie und setzte dann, leise zwischen den Lippen murmelnd, hinzu: »Das erste beste Waisenkind wird gut sein zu meinem Erben, was kümmere ich mich um die ganze Sippschaft!«

Und wieder verfiel sie in tiefes Sinnen und ihre Züge nahmen eine Schlaffheit an, die Doren beängstigte.

»Sie reißt die Mütze nicht ab«, sagte Dore und sah sie mit besorgtem Kopfschütteln an, da plötzlich weckte ein süßer melodischer Laut Frau von Fuchs aus ihrem Nachdenken.

Ein glücklicher Impuls hatte Rose getrieben ans Klavier zu gehen und ein Lied zu beginnen. Drinnen im Gesellschaftssaal war die Stimmung so schwül, auf die Tante, wusste sie, wirkte Musik allemal wohltätig, und ihre Seele schmachtete nach der Harmonie der Töne. Sie stimmte eines jener lieblichen Schlummerlieder an, die nicht nur unruhige Kinder in den Schlaf zu lullen, die auch eine unruhige Seele mit ihrer einfachen, anmutigen Melodie zu beschwichtigen vermögen. Als der Gesang zu Ende, war Rosinens ganzes Aussehen wie verwandelt, ihre gebeugte Haltung wieder stramm, ihre schlaffen Züge belebt. »Hol' mir die beiden Herren herein, ich muss sie nochmals sprechen, aber Rose soll jetzt nicht singen, erst nachher, wenn ich fertig bin«, gebot sie Doren. Abermals verging eine geraume Zeit in geheimer Konferenz.

»Sie tappte im Finstern, die gute gnädige Frau, ich habe ihr ein Licht aufgesteckt, ich«, sagte Dore zu den Geschwistern, mit triumphierendem Seitenblick auf Clemens. »Es ist wahrhaftig wahr, dass wir Menschen manchmal vom Teufel besessen sind. Ich hatte ihn schon tüchtig in seinem Versteck aufgestöbert, und als Fräulein Rose sang, war alles wieder in Ordnung.«

War denn wirklich alles wieder in Ordnung, so wie Dore es meinte? Als sie wieder zu ihrer Dame gerufen wurde, verlangte diese, zur Ruhe zu gehen. Der Herr Rechtsanwalt und sein Freund hatten sich empfohlen. Tante Rosine ließ die Tür ihres Schlafzimmers offen und ließ Rose bitten, etwas zu singen, sehen wollte sie jedoch niemand. Rose erfüllte ihren Wunsch. Die Dame saß aufrecht in ihrem Bett und hörte zu, als müsse sie neue Lebenskraft aus den süßen Tönen schöpfen. Ihre Augen glänzten, ihr Atem ging fast hörbar laut, plötzlich stürzten heiße Tränen aus ihren Augen. Rose sang den Refrain eines bekannten Liedes, eines der Lieblingslieder der Dame:

>>Behüt' dich Gott, es wär' so schön gewesen,
Behüt' dich Gott, es hat nicht sollen sein.<<

Dore, die noch an ihrem Bett stand, sah sie betroffen an.

>>Es hat nicht sollen sein!<<, wiederholte Rosine gepresst. >>Von allen getäuscht, von allen betrogen! Treu nur eine Magd, dankbar vielleicht eine Fremde!<<

Dore sah sie kopfschüttelnd an. >>Es ist wahrhaftig noch nicht alles richtig<<, sagte sie. >>Ich hole den Herrn Rechtsanwalt wieder, wir machen ein neues Testament oder gar keins und zerreißen das alte<< – sie machte Miene zu gehen, Rosine hielt sie zurück.

>>Was fällt dir ein, ich bin kein Kind!<<, fuhr sie sie barsch an.

>>Leider nicht, sonst möchte ich jetzt wohl Ihre Gouvernante oder lieber Ihre Mutter vorstellen und Ihnen ins Gewissen reden, und wenn's hälfe, befehlen, sich Ruhe zu schaffen. Sie werden nicht schlafen mit dem dummen Testament im Kopf.<<

>>Oh doch, tief, fest. Ich fühl's. Geh nur und lass mich in Ruhe.<<

>>Wem haben Sie Ihr Vermögen vermacht?<<, fragte Dore, anstatt zu gehorchen.

>>Was geht's dich an?<<, lautete der Bescheid.

>>Sehr viel, denn man hat doch Ehrgeiz für seine Herrschaft und will nicht, dass sie schlechte Dinge tut.<<

Rosine legte sich auf die andere Seite, das Gesicht der Wand zugekehrt. Dore blieb am Bett stehen und fuhr fort in ihrem barocken Kauderwelsch von treuherziger Gesinnung, zu täppischer Grobheit und warmem Liebeseifer auf ihre Tante einzureden, bis dieser ein Schatten nach dem anderen von der Seele fiel, das ganze künstliche Gewebe von Selbstquälerei, Misstrauen, Zorn und Rache in lauter Dunst und Nebel zerfloss, und sie schon anfing, sich von Herzen eine Törin zu schelten, noch ehe jene zum endlichen Punkt ihrer Rede gelangt war. Sie lag noch mit dem Gesicht der Wand zugekehrt, der Atem ging noch schnell und die Hände zuckten unter der Bettdecke. Dore dachte jeden Augenblick, jetzt würde sie nach der Nachtmütze greifen und diese in die Lüfte schleudern, aber nichts davon. Sie drückte ihr Gesicht tiefer in die Kissen.

»Geh«, sagte sie, nicht gerade sanft und nachgebend, aber doch mit einem seltsamen Beben der Stimme, das bekämpfte Gemütsbewegung verriet, »geh, morgen –«

»Morgen wollen Sie ein vernünftiges Testament machen?«, drang Dore in sie, aber sie erlangte keinen andern Bescheid, als ein noch mal wiederholtes »Morgen, morgen!«

Ja morgen! Schiebe doch keiner das Gute auf, das sich heut tun lässt, wer weiß, ob der Morgen noch sein ist! Morgen! Am nächsten Morgen lag die Freifrau Rosine von Fuchs kalt und starr in ihrem Bett, und was sie sich auch für den Tag vorgenommen haben mochte, welche Pflichterfüllung, sie blieb unvollbracht, welche Liebestaten, sie geschahen nicht, welche Sühne für verübte Ungerechtigkeit, sie war nimmer wiedergutzumachen. Das Herz kalt, die Lippen stumm, das Auge geschlossen für immer.

Da waren nun auf einmal alle Leidenschaften still geworden, hoch über allem Wechsel des Irdischen schwebte ein erlöster Geist. War sein Denken und Empfinden noch erdenwärts gerichtet, wie klein musste der befreiten Seele der Grund des Zwiespalts erscheinen, den sie nicht zu bewältigen vermocht, solange sie noch die irdische Hülle belebte! Man geht und nimmt nichts mit von all den Gütern, die uns so wichtig erschienen, nichts von äußerm Besitz, nichts von der Bildung, nach der man gestrebt, der Bedeutung, mit der man sich brüstete, dem Ehrgeiz, der uns trieb, nur was unverfälscht, was Gott ähnliches im Herzen war, hilft uns über die grausige Brücke, die vom Tode zum Leben führt.

Dieser plötzliche Todesfall erregte eine unbeschreibliche Bestürzung. Selbst Clemens ging mit blassem Gesicht und verstörter Miene umher, und während die tiefe Erschütterung der Geschwister durch den Gedanken verstärkt wurde, dass ihr letztes Beisammensein so von Zorn und Misstrauen getrübt gewesen, wirkte die Erinnerung an die letzte, voll über sein Haupt ausgeschüttete Gunst der Verstorbenen im Augenblick mehr betrübend als erhebend und beruhigend auf Clemens.

Er wusste es, dass er der Haupterbe sein würde, Rosine hatte es ihm gesagt. Wo war der Triumph hin, den er bei dieser Eröffnung empfunden? Leuchtete ihm dabei die Zukunft hell auf, in der er alle die kleinlichen Sorgen um seine Existenz abwerfen, und als reicher Mann so ganz anders seinem Schicksal, seinem Vater, seinen Freunden und Gefährten gegenüberstehen würde, so presste ihm jetzt die so unerwartet schnelle Erfüllung seiner Hoffnungen das Herz angsthaft zusammen. Ein hässliches Wort klang ihm ins Ohr: Erbschleicher. »Es ist nicht wahr!«, rief er in seinen verstörten Gedanken dagegen. »Was habe ich denn getan? Ich habe mir Liebe erworben, weiter nichts. Ich habe teilen wollen, dass die einfältigen Mädchen mich zurückwiesen, kann ich dafür? Vielleicht sind sie jetzt willfähriger«, dachte er weiter, »aber nein, nein, jetzt will ich nicht, jetzt – o Rose!«, seufzte er unwillkürlich und in dem Herzen des kalten Egoisten strömte das Blut heiß durch die Adern und zeigte ihm die Stelle, wo er verwundbar war.

Auf Hassos Benachrichtigung und Ruf eilte der Major von Brücken herbei. Man hatte nur seine Ankunft erwartet, den Sarg zu schließen. Tief bewegt umstanden sie alle noch einmal die stille, friedlich auf ihrem letzten Ruhelager liegende Gestalt.

Schon hundertmal hatte Dore ihre letzte Unterredung mit der Verstorbenen erzählt, noch einmal wiederholte sie deren Scheidewort: »Morgen, auf morgen. Was sie meinte, weiß ich«, setzte sie hinzu und legte ihre Hand auf die Brust der Toten; »aber Gott trat dazwischen und der Morgen brach für sie im lieben Himmelreich an. Da gibt's kein Geld und Gut mehr zu verteilen.«

»Nein«, sagte Hasso, »da gibt's aber auch keinen Zorn, kein Misstrauen mehr, und was sie hier bezweifelte, dort oben wird sie es wissen.«

»Dass wir sie lieb gehabt, dass wir dankbar sind, dass wir sie nicht vergessen werden, nicht?«, stammelte Liddy mit strömenden Tränen und in Hassos ruhigem zuversichtlichem Blick die Antwort suchend.

Das Begräbnis war vorüber. Der Rechtsanwalt und sein Begleiter erschienen abermals auf dem Schloss. Das Testament wurde geöffnet. Alle waren sie dabei gegenwärtig, der Major, die Geschwister, Clemens, Rose, Dore. Der letzte Wille war in kurzen deutlichen Worten gesagt. Hasso wurde in dem Besitz von Gülzenow bestätigt, die drei Schwestern seiner Fürsorge überwiesen. Für Dore war ein ansehnliches Legat ausgesetzt, zur Erbin ihres Barvermögens Rose Fröhlich eingesetzt. Die Wirkung dieser unerwarteten Bestimmung war unbeschreiblich.

»Nein, nein, niemals darf das geschehen!«, rief Rose flehend, die Hände wie abwehrend gegen Hasso ausgestreckt.

Clemens hatte Mühe, seine Haltung zu bewahren, sein Horizont zog sich düster zusammen, dann fuhr ein Blitz hinein und zerriss die Wolken. Ein triumphierender Blick schoss aus seinen Augen.

»Nur Zeit, nur Zeit«, murmelte er vor sich hin; dann ging er auf Rose zu und bot ihr die Hand, indem er leise sagte: »Meine Hoffnungen sind vernichtet. Die bunte Seifenblase des Glückes, nach der ich haschte, ist zerronnen. Das Glück, das wirkliche Glück ist sicherer verloren als vordem. Sie sind reich, Rose, das trennt uns für immer, aber« – seine Stimme wurde noch leiser, sein Blick umflort – »ich habe dennoch nur Sie geliebt!«, stieß er hervor und wendete sich rasch weg, den Blick der Verachtung nicht mehr gewahrend, den sie ihm zuwarf.

»Herr!«, redete ihn Dore an. »Damit Sie nicht eine Falsche in Verdacht haben, ich fand das und zeigte es der gnädigen Frau.« Sie wendete ihm trotzig den Rücken, ein Billet in seiner Hand zurücklassend, das er voller Erstaunen betrachtete, dann las er:

»Schicken Sie mir Ihre Verlobungskarte mit Fräulein Liddy oder Elly, und Sie erhalten gegen Schuldverschreibung die gewünschten dreitausend Taler. Sicherheit muss sein auch unter Freunden.
Ihr ergebener
C. Lindemann.«

»Verdammt!«, sagte Clemens, und mit einem kräftigen Fluch den Boden stampfend, riss er das Billet in tausend Stücke.

Rose weinte vergebens. Vergebens bat sie die Geschwister, flehte sie an, ihr zu helfen, diesen Teil des Testaments rückgängig zu machen, wiederzunehmen, was ihnen zukomme, was sie nur einer Laune zu danken habe, was sie tief unglücklich machen würde. Sie wies auf jenen letzten Abend hin, auf Dorens Versicherung von dem Umschwung in der Stimmung der Tante, auf ihr bedeutungsvolles »Auf morgen«.

»Hätte sie den Morgen erlebt, sie würde das Testament geändert haben«, beteuerte sie hoch und heilig.

»Aber sie starb, ihr Tod besiegelte ihren Willen und Gott erkannte ihn an«, entgegnete Hasso. »Nimm es nicht für Trotz, für Indignation unsererseits«, fuhr er in sanfter Weise fort, »nimm es nur für echten und gerechten Stolz, dass wir nicht nehmen wollen, was uns nicht zukommt. Die Tante war Herrin ihres Eigentums, wem sie es geben wollte und weshalb, ob aus Liebe, aus Laune, gleichviel aus welchen Gründen, sie bestehen zu Recht. Ich wüsste aber keinen Grund des Rechts, der Billigkeit, der die Annahme deines Opfers rechtfertigte. Du bist ärmer als wir. Wenn Gott dich deiner Stimme beraubt, hast du nichts.«

»Ich habe euch, meine Geschwister!«, sagte Rose innig.

»Nun gut, so haben wir dich, wenn wir je in Not geraten sollten«, entgegnete Hasso in gleicher Weise.

Rose presste ihre Stirn in beide Hände. War dort ein Gedanke, der Hassos Annahme widersprach und den sie zurückzudrängen strebte?

»Gib dich zufrieden, Kind«, tröstete Dore sie. »Du bist keine Erbschleicherin gewesen, du wahrhaftig nicht, und um diese hat's nicht Not. Was ich habe, haben sie auch, ich gebe mich ihnen doch in Pension und sie müssen mich zu Tode füttern.«

Ihr Wort erregte den Jubel der Geschwister.

»Von dir werden sie nehmen, von mir nicht«, sagte Rose gekränkt.

»Wir nehmen auch von ihr nicht, wir nehmen sie nur«, sagte Hasso lächelnd.

In Rosens Zügen malte sich ein eigentümlicher Kampf.

»Jedem das Seine!«, scherzte Dore. »Ich bin auf dem Lande zu brauchen, denn ich bin dort aufgewachsen und kann mit Rat und Tat helfen und sie werden beides brauchen, aber du bist zu was anderem erzogen. Du wirst nicht schlechter singen, wenn du denken kannst, du brauchst es nicht ums Geld zu tun, und dir gönnt jeder die Erbschaft, wir erst recht!«

»Wir erst recht nicht«, fuhr Ursula in demselben Tone fort. »Gönnen, das Wort hat der Neid erfunden, seinem bohrenden Stachel die Spitze abzubrechen. Dem Gönnen hallt immer ein Seufzer nach. Die Freude weckt ein reinklingendes Echo.«

Über Rosens Wangen perlten helle Tränen.

»Dass Reichtum so drücken kann, hätte ich nie geglaubt!«, seufzte sie, und wieder zuckte es über ihr Gesicht wie aufblitzende Entschlüsse, wie Zagen und Hoffen in jähem Wechsel. Auf einmal fasste sie Hasso heftig bei der Hand. »Komm«, sagte sie, »ich muss dich allein sprechen.«

Sie zog ihn in das Nebenzimmer. Sie war furchtbar erregt, die Hand, die noch in der seinen ruhte, war eiskalt, in ihren Augen malte sich holde Scham.

»Verachte mich nicht, Hasso«, sagte sie, »es ist nicht unweibliches Empfinden, es ist die Gewalt der Umstände, die, Ungewöhnliches mir auferlegend, mich über Gewohnheit und Sitte hinaushebt. Es ist das vollendete Zutrauen, das ich in deine Ehre, deinen Zartsinn, deinen Glauben an meine Weiblichkeit setze, das mich zu der ungewöhnlichen Frage drängt, die ich vor Gottes Angesicht an dich richte, er, unser einziger Vertrauter bei der Lösung dieses Konflikts. Hasso, dieser Reichtum drückt mich zu Boden wie Diebstahl, er droht mir wie ein Fluch. Aus Trotz und Eigensinn ist er mir verschrieben worden, der nächste Tag würde ihn mir wieder genommen haben, wäre der Verstorbenen die Zeit zur Tat geblieben. Du willst mich nicht von der Last befreien, nun gut, nimm mich dazu mit der Last. Bin ich dein Weib, so hört das Mein und Dein auf, eine Streitfrage zwischen uns zu sein.«

Sie hatte zagend ihre Rede angefangen, Scham glühte auf ihrer Stirn, bebte wie leiser Fieberfrost durch ihre Glieder, aber während sie sprach, erhöhte das Gefühl der Reinheit ihrer Absichten ihren Mut und liebliche weibliche Schüchternheit, von der Energie eines festen Entschlusses besiegt, durchglühte ihre Worte, als sie leise hinzusetzte: »Ich glaube, du hast mich lieb, wie ich dich, wenn wir auch beide zu sehr daran gewöhnt waren, um es besonders zu bemerken. Erst seit Kurzem sehe ich anders in dich, in mich hinein. Du könntest leicht zu stolz sein, um die reich gewordene Geliebte zu werben, Hasso, da ist meine Hand, lass uns an den Reichtum nicht denken und glücklich sein.«

Sie reichte ihm mit unnachahmlicher Anmut die Hand hin, er ergriff sie mit einem halb erstickten Ruf jauchzender Freude, er küsste sie, drückte sie an sein Herz. Es war ein ungeteiltes wonniges Entzücken, das ihn durchströmte, wie es nur auf Augenblicke in das menschliche Leben hineinleuchtet, in einem solchen Augenblick die Seele allerdings mit unendlichem Reichtum überschüttend.

Einen Augenblick, dann kam die Überlegung. »Wenn du nur edelmütig wärst, wenn du mich nicht liebtest, wenn du dein geschwisterliches Empfinden für Liebe nähmst und die Täuschung zu spät gewahrtest, Rose, ich ertrüge es nicht!«

»Nein«, sagte sie, »keine Täuschung mehr, die Täuschung ist eben überwunden und ich kenne mich jetzt besser. Hasso, es blitzte einmal ein Licht in meine Seele hinein, das mich blendete, es klangen Schmeichelworte in mein Ohr, die ich für Wahrheit nahm. Mein Herz schlug stürmisch und heiß, aber wie Mehltau auf eine Pflanze fiel jenes Mannes kalter Egoismus auf die keimende Liebesblüte. Es war eine taube Blüte, Hasso, sie fiel ab, in den Kern der Pflanze drang das Gift nicht. Mein Herz ist frei, ist dein, das schwöre ich dir zu, und«, setzte sie mit lieblicher Verschämtheit hinzu, »das Bild, das es ganz erfüllt, ist deines. Seit wir hier sind, habe ich dich täglich lieber gewonnen. Glaubst du mir nicht, Hasso? Du sollst mich nicht ums Geld heiraten, es gilt Herz gegen Herz.«

»Rose, Engel, Gottes Segen mein!«, rief Hasso mit erstickter Stimme und sank zu ihren Füßen nieder.

Die Tür öffnete sich, die Glücklichen sahen und hörten es nicht. Clemens stand auf der Schwelle. Sein Gesicht war totenblass, seine Hände ballten sich krampfhaft zusammen. »Verrechnet, verrechnet überall!«, stieß er zwischen den Zähnen hervor, dann verließ er das Zimmer, ohne dass die in das holde Entzücken eines ersten Liebesgeständnisses versunkenen beiden glücklichen Menschen sein Kommen und Gehen auch nur gewahrt hätten.

Im Herbst desselben Jahres feierte das junge Paar seine Hochzeit. Ziemlich um dieselbe Zeit kehrte Clemens seiner Heimat den Rücken. Lindemann hatte die dreitausend Taler nicht gezahlt und so viel richtiges Gefühl hatte Clemens noch in der Seele, dass er sich schämte, Hasso um Hilfe zu bitten. Er entfloh seinen Gläubigern, er entfloh den drückenden Verhältnissen, in die seine Schulden ihn versetzt, entfloh den Vorwürfen seines Vaters, und hinterließ diesem nur ein paar Zei-

len, in welchen er ihn, Abschied nehmend, bat, womöglich seine Angelegenheiten zu ordnen, und mit Hinweis auf sein musikalisches Talent
als eine sichere Quelle seines Fortkommens, versprach, alle seine Verbindlichkeiten in Kurzem zu lösen. Der alte Herr biss die Zähne zusammen und warf den Brief ins Feuer. Er machte öffentlich bekannt,
dass er nicht imstande sei, für die Schulden des Sohnes aufzukommen,
verbot seiner Tochter, Clemens' Namen zu nennen, und damit war
äußerlich die Sache abgetan. Was innerlich in ihm vorging, sah nur
einer, und es wird wohl dereinst mit im Schuldbuch des Sohnes stehen.

Clemens' klingende Schulden zahlte durch Lindemanns Vermittlung
Hasso im Stillen ab, nicht ahnend, dass dieser es an Clemens schrieb,
und noch weniger vermutend, dass er durch diesen Akt natürlicher
Großmut sich den Vorzug erwarb, künftig unter die Merkwürdigkeiten
L.s gezählt zu werden, wenn auch zu einer, die das Städtchen leider
nur kurze Zeit in seine Mauern einzuschließen so glücklich gewesen
war.

Von Clemens' treulosem Verrat an der Liebe erfuhren die Zwillingsschwestern nichts, der blieb Geheimnis zwischen Rose und Hasso, und
Dorens Kombinationen wiesen sie mit Entrüstung zurück, ja, es war
dies die einzige Gelegenheit, bei der sie fast in Zorn gerieten. Wer
hätte auch so grausam sein mögen, den unschuldigen Kultus zu stören,
den sie ihrer ersten und einzigen Jugendliebe widmeten. So war denn
das geschwisterliche Kleeblatt jetzt auf heimatlichen Boden versetzt,
die Wurzeln immer fester ineinander schlingend, und kein Sturm, kein
Unwetter störte mehr den sonnigen, wolkenreinen Frieden, in welchem
allein es leben und gedeihen mochte.

Auf dem hübschen Gülzenower Kirchhof aber schläft Rosine den
letzten friedlichen Schlaf. Blumen schmücken ihr Grab und eine
mächtige Hängebirke senkt ihre wehenden grünen Zweige auf die Ru-
hestatt der Verstorbenen hinab. Ihr letzter Wille ist buchstäblich erfüllt,
und doch geschah das Gegenteil von dem, was er gebot. Ihr Wahlspruch
scheiterte an den Pforten des Jenseits und die ewige Weisheit wandelte
in Segen um, was irdische Torheit in eigenmächtigem Trotz zum Unheil
zu verwirren versuchte.